Z. 1863.

Z. 1817.
I.A.

18233

NAUDÆANA
ET
PATINIANA.
OU
SINGULARITEZ
REMARQUABLES,
PRISES DES CONVERSATIONS
DE MESS. NAUDE' & PATIN.

A PARIS,

Chez FLORENTIN & PIERRE DELAULNE,
Rue S. Jâques á l'Empereur & au Lion d'or.

M. DCCI.
AVEC PRIVILEGE DU ROI.

PREFACE.

LES Noms de NAUDÉ & de PATIN à la tête d'un Ouvrage, sont tres capables de prevenir le public en sa faveur ; & pour peu qu'on lise celui qu'on donne au public, on sera aisément convaincu que cette prévention n'est pas sans fondement, & qu'on auroit peine d'en trouver un qui fit plus de plaisir à lire.

En effet ces deux Auteurs s'y peignent avec les couleurs les plus vives & les plus na-

turelles , & s'expliquent avec
toute la liberté & toute la
franchise de deux amis qui
ne parlent que pour eux , ou
tout au plus pour une posterité dont ils n'ont rien à crain-
dre , & qui même leur sçait
bon gré de leur sincerité.

On y voit beaucoup de
faits revêtus de circonstances
curieuses, veritables, & qu'on
ne trouve point ailleurs. La
plûpart des Ecrivains étouf-
fent la vérité par haïne & par
jalousie , ou la défigurent par
amitié & par flaterie; les deux
Auteurs a qui nous devons
ces Memoires , n'ont jamais
été soupçonnés d'aucune de
ces passions. A la verité quel-

quefois la raillerie y est un
peu forte ; mais elle ne peut
nuire, ni à ceux qu'elle atta-
que, ni à ceux qui la liront;
l'on se contentera d'en loüer
les pensées & le tour, & personne ne prendra pour certains un petit nombre de faits
sur lesquels on a peut-être ré-
pandu un peu trop d'aigreur.

J'ai dit qu'on y liroit des
choses qu'on ne trouve pas
ailleurs, sans en excepter même les Lettres de PATIN,
car ces deux Ouvrages n'ont
rien de commun que la vi-
vacité & l'agrément. Voila
pour les choses; voici quelques particularités de la vie
de ceux à qui nous les devons.

Gui Patin nâquit à
Houdan à trois lieuës de Beauvais l'an 1602. Il parle de ses
Parens comme de gens d'u-
ne probité & d'une candeur
dignes des premiers têms, &
plus propres à lui inspirer des
sentimens de vertu qu'à lui
procurer un établissement
honnête ; aussi ne se charge-
rent-ils que de l'instruction
& des exemples, & lui lais-
ferent le soin de devenir l'ar-
tisan de sa fortune ; Ils l'en-
voyerent à Paris, ou ayant
fini les études ordinaires, il
s'attacha uniquement à la Medecine ; & ce fut pour lors
qu'il connut M. Naudé,
Comme ils avoient le même

goût pour la probité & pour
le ſçavoir ; dés qu'ils ſe con-
nùrent, ils s'eſtimerent à l'envi, & lierent une amitié qui
par ſa vivacité & par ſa con-
ſtance eut toûjours les graces
de la nouveauté, & fut à
l'épreuve de l'intereſt, de
l'abſence des années,& de la
mort même.

Aprés s'être attaché plu-
ſieurs années à la Medecine ;
il voulut enfin recüeillir les
fruits de cette application
continuelle, dont le ſuccés ne
pouvoit être mediocre. Il ſe
fit recevoir Docteur, & auroit été déslors capable de la
pratiquer avec éclat, ſi par
une fatalité trop ordinaire aux

ã iiij

gens de Lettres il n'avoit été
obligé d'être Correcteur d'Im-
primerie. A la veuë de quelques unes de ses corrections,
M. Rioland celebre Mede-
cin , qui étoit regardé parmi ses Confreres comme l'ar-
bitre de la reputation , lui
donna son estime & son amitié , & le produisit dans le
monde. Il n'y fut pas plûtôt
connu qu'on le rechercha a-
vec un empressement extrême , & qu'il s'y fit quantité
d'amis illustres qui l'aimerent
avec cette familiarité que le
merite autorise, & que la
la grandeur & la bienseance
ne condamnent pas.

Ce même merite qui lui

avoit donné des amis d'un fi grand nom , & qui lui procura dans la fuitte une Chaire de Profeſſeur en Medecine au College Royal , lui attira une infinité d'envieux , qui donnant un tour criminel à ſes manieres de parler libres & naïves , tâcherent de le rendre ſuſpect de libertinage; mais l'étroite liaiſon qu'il a-avoit avec M. le Premier Preſident de Lamoignon , la vertu même , fit ouvrir les yeux aux perſonnes qui étoient ſans paſſion, & leur fit remarquer qu'il n'en vouloit qu'à la bigoterie & à la ſuperſtition, & que d'ailleurs c'étoit un homme d'une

pieté folide , rempli de ref-
pect pour fon Roy , de ten-
dreffe pour fa famille & pour
fes amis, & de bonté pour
fes Ecoliers qui l'écoutoient
comme un habile Maître, &
l'aimoient comme leur pere.

Quoi qu'il fit profeffion
d'une Philofophie qui fem-
bloit le mettre au deffus des
accidens les plus touchants
& les plus fâcheux, elle fuc-
comba neanmoins cette Philofophie fous la difgrace de
fon fecond Fils. C'eft celui
qui s'eft fi fort fignalé depuis par fon habilité dans la
Medecine & dans la connoif-
fance des Medailles , & qui
eft mort à Padouë en 1694.

comblé d'honneurs & de merite. Il ne pût voir fortir du
Royaume ce cher Fils, & cela
pour avoir déplu à fon Prince,
fans en concevoir un cha-
grin, qui joint au peu de fa-
tisfaction qu'il avoit eu de
fon Fils aîné, lui rendit la
vie ennuyeufe, & lui fit re-
garder la mort d'un vifage
plus ferein. Il mourut l'an
1672. âgé de 70. ans.

Ce feroit ici l'endroit où je
devrois parler de M. Naudé,
& je n'aurois garde de fepa-
rer ceux qu'une amitié fi ten-
dre avoit fi étroitement unis,
fi je n'avoüois qu'il falloit
ménager le Public, & le ren-
voyer à ce qu'en dit le P. Ja-

cob dans le Recüeil qu'il a donné au Public des Eloges de M. Naudé, & à un Article de cet Ouvrage, où PATIN parle de son Ami d'une maniere qui me dispense d'en dire d'avantage.

Il ne me reste plus qu'à dire un mot du Manuscrit. Il me fut communiqué il y a deux ans par une Personne connuë à la Cour & à la Ville par ses rares talens, & qui joint à la delicatesse d'esprit un science profonde. Je la nommerois avec plaisir, & je lui donnerois encore plus volontiers les Eloges que mon cœur m'inspire, mais sa modestie ne me le pardonneroit pas.

CATALOGUS

OMNIUM OPERUM

GABRIELIS NAUDÆI,

PARISINI,

Eminentissimi Cardinalis MAZARINI
Bibliothecarij.

GALLICA.

LE Marfore, ou Difcours fombre les Libelles. A Paris, chez Loüis Boulanger, 1620. in 8.

Inftruction à la France fur la verité de l'Hiftoire des Frères de la Rofe Croix. V Meffire Gabriel de Guenegaud, Seigneur dudit lieu, & du Pleffis Belle-ville, Confeiller Secretaire du Roy en fes Confeils d'Eftat & Finances. A Paris, chez François Julliot, 1623. in 8 & chez Pierre Cheualier, 1614. in 4. Avec la Continuation de l'Hiftoire du Progrès de l'Herefie, de Claude Malingre, Sénonois.

Apologie pour les grands Perfonnages, fauffement fouppçonnez de Magie: A Monf. le Prefident de Méfme. A Paris, chez François Targa, 1625. in 8. & à la Haye, chez Adrian Vlack, 1653. in 8.

Aduis pour dreffer vne Bibliotheque prefenté à Monfieur le Prefident de Méfme. A Paris, chez François Targa, 1627. in 8. chez Rolet le Duc, 1644. in 8 auec le Traité des Bibliotheques du R. P. Loüis Jacob, Chalonnois, Religieux Carme. Cet Aduis a efté traduit en Latin, & imprimé à Hambourg, 1658. in 12. comme on verra aux œuvres Latines.

Addition à l'Hiftoire de Loüis XI. contenant plu-

ses Recherches curieuses sur divers matieres. A Second
lieu Pelisse, Sieur de Villesec, Conseiller & Secretaire d'Estat de Monseigneur l'Euesque de Metz, Prince
du S. Empire, Marquis de Verneüil, &c. A Paris chez
François Targa, 1639. in 8.

Discours sur les diuerses Incendies du Mont-Vesuve,
& particulierement sur le dernier, qui commença le
dernier Decembre 1631. imprimé en 1631. &c. Ce Discours
a aussi esté imprimé par Estienne Richer au 12. Tome
du Mercure François.

Considerations Politiques sur les coups d'Estat. Par
G.N.P. au Cardinal de Bagny. A Rome, 1639. in 4. Il
dit en sa preface, qu'il n'y a eu que douze Exemplaires
tirez de ces Considerations Politiques.

Jugement de tout ce a esté imprimé contre le Cardinal Mazarin, depuis le 6. Janvier, jusques à la Decla-
ration du 1. Avril, 1649. imprimé en 1649. in 4. &
1650 in 4.

Remise de la Bibliotheque de Monf. le Cardinal
Mazarin par le sieur Naudé entre les mains de Monsieur Tubeuf 1651. in 4.

Aduis à Nosseigneurs de Parlement, sur la vente de
la Bibliotheque de Monf. le Cardinal Mazarin, 1652.
in 4.

La Bibliographie Politique du Sieur Naudé, contenant les Liures & la Methode necessaire à estudier la
Politique. Auec une Lettre de Monsieur Grotius, &
vne autre du Sieur Hamel sur le mesme sujet. Le tout
traduit de Latin en François Par C. Challine, B. S. D.
M. A Paris, chez la Veufue de Guil. Pelé, 1642.
in 8.

Lettre de Gabriel Naudé, Bibliothequaire de la
Reine de Suede, à M. Gassendi, dattée de Stolkolm le 19.
Octob. 1652. sur les bonnes qualitz de l'esprit de la
Reine de Suede Cette Lettre est imprimée parmy celles
de M. Gassendi, pag 536.

Relation du sieur Naudé à messieurs Dupuis, de
quatre Manuscrits qui sont en Italie, touchant le
Liure de Imitatione Christi, faussement attribuez à
Jean Gerson Benedictin, Abbé de Verceil, par l'Abbé
Constantin Caietan, l'an 1641. Cette Relation a esté
imprimée par le R. P. Fronteau Chanoine Regulier de
Sainte Geneuiefue, en son liure Latin, qui a pour titre.
Thomas à Kempis de Imitatione Christi Libri IV. cum
subsequentibus fraudis, qua nonnulli hoc opus Joanni Gersen

Benediction sacriludre. Parifiis, ex Officina Cramosiana, 1640. in 4. Les Reuerends Peres Robert Quatremaires, & François Valgraue Benedictins, ont écrit contre cette Relation de sainct Naudé, ce qui causa vn procés au Parlement de Paris, entre luy & les Chanoines Reguliers de Sainte-Geneufye, contre les Benedictins ; ce qui obligea ledit Naudé à faire les pieces suiuantes pour sa Iustification.

Requeste seruant de Factum au procés pendant aux Requestes du Palais, entre Maistre Gabriel Naudé, Prieur de l'Artige, Demandeur en suppression d'iniures & calomnies, contre D. Placide Rouffel, Prieur de S. Germain des Prez, & D. Robert Quatremaires son Religieux, & aussi contre D. François Valgraue Religieux Benedictin & Prieur de Launoy, defendeurs. Auquel procés ledit Naudé soustient veritable la Relation par luy donnée en la Ville de Rome en 1641. Et imprimée de nouueau sur la fin de cette presente Requeste touchant certains Manuscrits du liure de Imitatione Christi 1640. & 1641 in 4.

Aduis sur le Factum des Benedictins par Gabriel Naudé. Cet Aduis a esté imprimé auec la copie de de deux Lettres écrites par Monsieur Philippes Chifflet Abbé de Balerne, a vn de ses Amis, touchant le veritable Autheur des liures de l'Imitation de Iesus Christ. A Paris, 1651. in 8.

Placet imprimé des Peres Benedictins, demandeurs en fait de mainleuée, contre Maistre Gabriel Naudé, defendeur. Auec les Réponses & Corrections dudit Naudé, pareillement demandeur en reparation d'iniures & calomnies écrites contre luy par lesdits Benedictins defendeurs, au sujet de la Relation par luy faite dés l'année 1641. sur la fausseté de certains MSS. du Liure de Imitatione Christi, dont les Benedictins se veulent seruir, pour oster ledit Liure à Thomas à Kempis son legitime Autheur, & le donner à vn supposé Iean Gerson, qu'ils disent auoir esté Religieux de l'Ordre de S. Benoist. Ensemble vn Aduis sur le Factum desdits peres Benedictins, 1652. in 4.

Raisons Peremptoires de Maistre Gabriel Naudé, demandeur en suppression d'iniures & calomnies, & defendeur en mainleuée contre D. Placide Rouffel, Robert Quatremaires, & François Valgraue Religieux Benedictins, defendeurs en mainleuée des Liures sur eux saisis & les Congregations de S. Maur & de

Cluny *intervenans*, *Pour montrer que les* quatre Manuscrits de Rome, *dont lesdits Benedictins se servent pour oster* le Liure de l'Imitation de Iesus Christ à Thomas à Kempis, *& le donner à vn supposé Gersen, sont falsifiez, & qu'ils ne peuvent l'auoir esté que par le nommé* constancin caïetan, Religieux Benedictin, *ou par quelques autres du mesme Ordre.* Auec vne conuiction manifeste *de dix faussetez principales, commises par lesdits Benedictins en la seule affaire de leur prétendu Gersen.* 16 2. *in* 4.

LATINA.

DE *Antiquitate & dignitate Scholæ Medicæ Parisiensis*. Panegyris cum Orationibus encomiasticis ad IX. Iatrog mitas Laureâ Medicâ donandos. Ad Amplissimum consultissimumque Medicorum Parisiensium Ordinem. *Parisiis*, apud *Ioannem Moreau*, 1618 *in* 8.

De Studio Liberali Syntagma. Ad Illustrissimum Adolescentem Fabritium ex comitibus Guidiis à Balneo. Nicolaï Marchionis Montis Belli Filium. *Urbini*, apud *Mazzantinum* & *Aloysium Ghisonum*, 1632 *in* 8. *Ariuini*, per *I annem Symbenium*, 1633. *in* 8. & *Amstelodami*, apud *Ludonicum Elzeuirium*, 1645. *in* 12.

Quæstio Iatro Philologica I. Au Magnum homini à venenis periculum. Ad clarissimum Doctissimumque Medicum & Philosophum *Vincentium Alsarium Craeium* S. D. N. Urbani VIII. Cubicularium, in Romana Sapientiæ Practicæ Medicinæ Professorem, ac olim Gregorij XV. Medicum & Cubicularium Secretum. *Romæ*, apud *Guilielmum Faccionum*, 16 2. *in* 8. & *Geneuæ* apud, *Samuelem Chouet*, 1650. *in* 8

Bibliographia Politica. Ad Nobilissimum & Eruditissimum Virum Iacobum G ffarellum D. Ægidij Priorem & Protonotarium Apostolicum. *Venetiis*, apud *Franciscum Babam*, 1633. *in* 12. *Lugduni Batauorum*, 16 7. ex Officina *Ioannis Maire*, 1642. *in* 24. & *Amstelodami*, apud *Ludouicum Elzeuirium*, 1645 *in* 12. *Gallicè*, *Parisiis*, apud *Viduam Guil. Pelé*, 1642. *in* 8.

Gratiarum Actio habita in Collegio Patauino, pro Philosophiæ & Medicinæ Laurea ibidem impetrata, *anno* 1633. *die* 25. *Maij*, Cum faustis *Amicorum* acclamationibus. *Venetiis*, apud *Andriam Babam*, 1633. in 8.

Quæstio Iatro-Philologica II. An Vita hominum hodie, quàm olim breuior ? *Ad* Illustrissimum Reuerendissimúmque *Iosephum Mariam Suaresium*, *Vasionensem* Episcopum vigilantissimum. *Cæsenæ*, ex Typographia *Iosephi Nerij*, 1630. in 8. & *Geneua*, apud *Samuelem Chouet*, 650. in 8.

Quæstio Iatro-philologica III. An Matutina studia vespertinis salubriora. *Ad* Nobilissimum virum Dominum D. *peyrescium* in Aquensi Curia Senatorem integerrimum. Abbatem Guistrensem vigilantissimum, optimum eruditissimúmque Litteratorum omnium Mecenatem. parauij, ex Typographia *Iulij Crivellani*, 1634. in 8. & *Geneua*, apud *Samuelem Chouet*, 650. in 8.

Quæstio Iatro-philologica IV. An liceat Medico fallere ægrotum *Ad* Illustrissimum Reuerendissimúmque Dom D. *Thadæum colicoam* S. D. N. Vrbani VIII. Medicum à cubiculo, & canonicum Vaticanum, 1635. in 8. & *Geneua*, apud *Samuelem chouet*, 1650. in 8.

Quæstio Iatro-philologica V. De Fato & fatali vitæ termino *Ad* clarissimum & Eruditissimum Virum *Ioannem Beueroncium*, Doctorem Medicum Patauinum *Lugduni Batauorum*, apud *Ioannem Maire*, 1639. in 4. & *Geneua*, apud *Samuelem chouet*, 1650 in 8.

Nicolai ex comitibus Guidiis Marchionis Montis Belli *Elogium*, in 4.

De Studio Militari Syntagma. *Ad* Illustrissimum Iuuenem Ludouicum ex Comitibus Guidiis à Balneo. *Roma* Typis *Ioannis Facciori*, 1637. in 4.

Ludouici Caualis Marchionis ab Altauilla Elogium. Auctore Gabriele Naudæo. *Romæ*, Typis *Ludouici Grignani*, 1638. in 4.

Epistola Gabrielis Naudæi ad Petrum Gassendum de Obitu Nicolai Fabricij Peresci; *Romæ*, Typis *Vaticanis*, 1638. in 4. Legitur inter *Monumenta* Romana peresciana, *parisiis*. Typis *cramoisiani*, 1641. in 4. cum *Vita Peresci* à Petro Gassendo *edita*.

Instauratio Tabularij Maioris Templi Reatini facta iussu & auspiciis Eminentissimi & Reuerendissimi Domini *Ioannis Francisci cardinalis à Balneo* Episcopi Reatini, Anno M. DC. XXXVIII. *Ad* Perillustres & admodúm Reuerendos Archidiaconum & Canonicos Maioris Templi Reatini, *Roma*, excudebat *Ludouicus Grignanus*, 1640. in 4.

Gabrielis Naudæi Epigramata in Virorum Litera-
torum imagines, quas illustrissimus Eques *Cassianus à
Puteo* sua in Bibliotheca dicauit, cum *Appendicula* va-
riorum carminum. *Ad* Illustrissimum Dom. D. *cassianum à puteo* Abbatem S. Angeli , D Stephani Equi-
tem & Commendatarium. *Roma* , excudebat *Ludouicus
Grignanus* , 1641. *in* 8.

Lessus in Funere domestico Eminentissimi Principis
Ioannis Francisci cardinalis à Balneo. *Ad* clarissimum
Virum *paganinum Gaudentium. Roma* , 1641, *in* 4 &
parisiis , ex *Officina cramosiana* , 16,0. *in* 8. in fine
Librorum Epigrammatum.

Gabr. Naudæi Exercitatio. Quod Senæ nomen non
cæsenæ, sed Senogalliæ conueniat. *Ad Ioannem Bap-
tistam Donium* Patricium Florentinum. *parisiis* apud
Viduam Guilielmi pelé , 1642. *in* 8.

Ioannis Cordesii Ecclesia Lemouicensis Canonici Elogium. auctore Gabriele Naudæo. *Parisiis* , excudebat
Antonius Vitray, Regis & Cleri Gallicani Typographus,
1643. *in* 4. Legitur ante *Bibliotheca Cordesiana* Cata-
logum.

De Hieronymo Cardano Iudicium. *parisiis* , apud
Iacobum Villery , 1643. *in* 8. Legitur ante Hieronymi
cardani *Librum de propria Vita* ab eodem Typo-
grapho *editum.*

Ademi Blacuodæi in Curia Præsidiali Pictonum &
Vrbis in Decurionum Collegio Regis Consiliarii *Elo-
gium.* Auctore gabriele Naudæo. *parisiis* , ex *Officina
Cromesian.* 1644. *in* 4. Legitur ante Adami Blacuodæi
Opera , in eadem Officina *edita.*

Panegyricus dictus Vrbano VIII. pont. Max. ob bene-
ficia ab ipso in *M. Thomam Campanellam* collata.
Auth. Gabr. Naudæo *parisino. Ad* Principes Eminen-
tissimos *Franciscum & Antonium Cardinales Barberinos.
parisiis* , apud *sebustianum Cramoisy* , Architypographum
Regium , & *gabrielem cramoisy* , 1644. *in* 8.

De Augustino Nipho philosopho Iudicium *parisiis* ,
apud *Rolerium le Dur* , 1645. *in* 4. Legitur ante dicti
Niphi *Opera Moralia & politica* , ab eodem Typo-
grapho *edita.*

Gabrielis Naudæi ex Italia discedentis A P O B A-
T E R I O N ad Amicos. *patauii* , Tipis *pruli Frambotti*,
1645. in folio patenti. Legitur *libro* 2. Epigrammatum,
parisiis , in *Officina Cramosiana* , 1650. *in* 8. *edito.*

Epigrammatum Libri duo , primus *ad cassianum à*

fuere , &c. & secundus *ad cosmam Naudaum* Nepotem
catissimum. *parisiis* , ex *Officina cramosiana* , 1650. *in 8*.

PENTAS Quæstionum Iatro - philologicarum
I. An magnum homini à venenis periculum , &c.
Genevæ apud *Samuelem thoüet* , 1910. *in 8*.

Visitatio prima Kempensis adversus *I. D. L. C. parisiis*
è Typographia *Edmunai Acerini* , 1651 *in 8*.

Bibliographia Kempensis , sive *eorum qui* Dissertationi-
bus aut Libris editis , Thomæ Kempensis causam ad-
uersús Gersenistas tuendam susceperunt. *Syllabus alter.*
Auctore Gabriele Naudæo. *parisiis* , *Typis cramosianis* ,
1651 *in 8*.

Causæ Kempansis conictsio pro Curia Romana. *gabriele*
Naudæo Avctore , & Sodales quosdam Benedictinos ,
quinque *solitatum accescente* , scripta. Ad Eminentissi-
mum , Cardinalem Franciscum Ba berinum . *parisiis* ,
ex *Officina cramosiana* , 1651 *in 8*.

In clarissimi Viri petri putæani Obitum Gabrielis Naudæi *Elegia*. ad clariss. Virum Ægidium Menagium.
parisiis , ex *Officina cramosiana* , 1651. *in 4*. Legitur præ-
terea cum *Vita petri putæani* à Nicolao Rigaltio. *parisiis*,
in eadem *Officina* , 1652. *in 4*. *edita* : & inter *Miscel-*
lanea Ægidij Menagij. *parisiis* , apud *Augustinum courbé* ,
1652. *in 4*. *impressa*.

Gabr. Naudæi Dissertatio de ratione Bibliothecam
erigendi *Oricus Mauritii* nunc primum edidit , *præfa-*
tionem , *Notas & Epistolas* duas de præcipuis ac ineditis
nonnullis Galliæ ac Germaniæ Bibliothecarum M S S.
adiunxit *Homburgi* , apud *Ieannem Naumannum* , 1658.
in 12. ex *catalogo* Nundinarum Francofurtensium.

præfationes variæ , quæ sparsim leguntur.

Epistolarum Latinarum Libri duo , MSS. apud *Ada-*
mum Flam zelle olim eius *domesticum*.

Epistola ad paulum Zacchiam Medicum Romanum
celeberrimum. Legitur ante *Quæstiones Medico-legales*
dicti *Zacchiæ* , anno 1636. *Amstelodami* , 1651. & *Aue-*
nione , 1657. *in folio editas*.

Gabrielis Misocruci R sci parisini siut *gobr. Naudæi*
Epistolæ ad doctissimum Virum D. *petum gassendum* ,
sacræ Theologiæ Doctorem , & cathedralis Diniensis
Ecclesiæ Canonic. Theologum. Inc. *Nudius tertius* ; cum
iam vesperi , &c. Data parisiis *ie vltima* Octobris 1630
Legitur inter *Epistolas* ad Gessendum.

Gabr. Naudæi Epistola ad *petrum gassendum* Doctorem Theologum. Inc. *Non est profectò* , *Doctissime*

gaſſendi, quod, &c. Data Romæ 23. Ian. anni 1632. Extat inter *Epiſtolas* ad Gaſſendum.

Gabr. *Naudæi* Epiſtola ad *petrum gaſſendum*. Inc. *Binas à te accepi, Doctiſſimè gaſſende, cùm*, &c. Data in Caſtro Giaggioli Romandiolæ, 22 menſis Septembris, 1633. Legitur inter *Epiſtolas* ad Gaſſendum.

Epiſtola ad Clariſſimum & Eruditiſſimum Virum *Iacobum philippum Tomaſinum* Canonicum. S. Mariæ in Vantio. Legitur ante *caſſandra Fidelis Opera* à præfato Tomaſino. *patauii*, apud *Franciſcum Bolzetam*, 1636. *in* 8. Latinè, *edita*.

De Salluſtii commentariis illuſtrando Epiſtola. ad Virum maximum & celeberrimum Fortunium Licetum. Eſt *Octaua* inter Fortunij Liceti *Reſponſa de Quæſitis per Epiſtolas* à Cl. Viris, *Tom*. 1. *pag*. 40. cum *Reſponſione* Fortunij Liceti.

De Apologetico ſcribendi munere intermittendo, & *de ſenſu Ariſtotelis circa legem Hebraeorum* Epiſtola. ad Fort. Licetum. Legiaur *Tomo* 1. *Reſponſionum de Quæſitis per Epiſtolas* à Cl. Viris, *Epiſt*. 17. *pag*. 82. cum *Reſponſione* Liceti.

De latiori vmbra ducta ex eodem opaco mane & veſpere quàm meridie Epiſtola ad Fort. Licetum. Extat *Tomo* 1. *Reſponſionum de Quæſitis per Epiſtolas*, &c. *Epiſt*. 22. *pag*. 120. cum Epiſtola Petri Gaſſendi ad Gabr. Naudæum, & *Reſponſione* Fort. Liceti.

De Superhumano credendi modo Ariſtotelico: déque ſeria confirmatione per fabularum Scriptores Epiſtola. ad Fort. Licetum Habetur *Tomo* 1. *Reſponſionum de Quæſitis per Epiſtolas*, &c. *Epiſt*. 32. *pag*. 252. cum *Reſponſione* Liceti.

De Natura Dæmonia, non diuina apud Ariſtotelem Epiſtola. ad Fort. Licetum. Extat *Tomo* 1. *Reſponſionum de Quæſitis per Epiſtolas*, &c. *Epiſt* 34. *pag*. 285. cum *Reſponſione* Liceti

De problemate pulcherrimo à Leone allatio, ad Fort. Licetum *Tranſmiſſo* Epiſtola. ad Fort. Licetum. Legitur *Tomo* 1. *Reſponſionum de Quæſitis per Epiſtolas*, &c. *Epiſt*. 37. *pag*. 307. cum Epiſtola Leonis allatij ad Gabr. Naudæum, & *Reſponſione* Licete.

De Nomine Litheoſphorus Iudicium Clar. Viri Gabr. Naudæi & aliorum inſignium Virorum. Extat *Tomo* 3. *Reſponſionum de Quæſitis per Epiſtolas*, *cap*. 36. *pag* 1701 et Licet i *Reſponſione*.

De Apologetico. De Magnete, num ſit vena ferri

præcellens. De puella , quæ post casum , sine læsione oculorum cuncta singularia videbat duplicata : De saxo magno in corpore piscis : Déque saccharo in tenebris micante. Quæsita proposita ad Fort. Licetum. Habetur *Tomo* 3. *Responsionum de Quæsitis per Epistolas , cap.* 50. *pag.* 231. cum R. P. Ioannis Francisci Niceron , Ordinis Minimorum S Francisci de Paula Theologi , *Epistola ,* & *Responsione* Fortunii Liceti.

Epistola qua ad R, P. Ioannem Frontonem , Canonicum Regularem S. Genouefæ Parisiensis , *de Euictione fraudis ,* quâ nonnulli opus *de Imitatione christi* Thomæ à Kempis Canonici Regularis Ioanni Gersen Benedictino attribuère. *parisii , ex Officina cramosiana ,* 1649. *in* 8. Leguntur ante Thomæ à Kempis *de Imitatione christi libros* IV. à P. Frontone . in eadem Officina *,editos.*

Bibliotheca Memmiana. Citatur ab ipso Naudæo *in Additione ad Historiam Regis ludouici* XI. pag 97.

Analectorum, tùm antiquorum , tùm recentiorum Libri duo. Eorum meminit Cl. Vir leo allatius *in Apibus Urbanis.*

Discursus ingens, & ex meris politica fontibus depromptus de Arcanis Imperiorum. Eius etiam meminit leo Allatius *in Apibus Vrbanis.* puto hunc librum eundem esse ac Illum gallicum , de quo superiùs diximus , *cuius titulus est.* Considerations Politiques sur les coups d'Estat.

Et *alia nonnulla.*

EDI CVRAVIT.

ANDREÆ *Laurentii professoris Regii Monspeliensis* annotationes in artem parvam *galeni* , in ea quæ spectant *ad Simioticam Medicinæ partem.* Dictatæ Monspellij , anno 1589. & 1590. Illas edidit ex *Musæo gabrielis Naudai* Cl. V. guido Patinus . Belouacus, Doctor Medicus paris. *parisiis ,* 1627. *in* 4.

Ioannis Riolani patris Medicini parisiensis Regii commentaria in artem parvam *galeni* cum *præfatione gabrielis Naudæi* parisini ad cl. V. Ioannem Riolanum Ioannis Filium , Medicum parisiensem , & regium professorem. *parisiis ,* apud *Dionysium langlæum ,* 1632. *in* 24.

Propædeumatum philosophicorum Ioannis Riolani Meg

dici Regij Liber, cum *præfatione gabrielis Naudæi*, ad
Doctissimum Virum *renatum moreum* Doctorem &
Professorem Medicum parisiensem Ordinarium , Noso-
comij Lutetiani Therapeutam , & saluberrimæ Faculta-
tis Med. parif. Decanum dignissimum, *parisiis*, apud
Dionysium langleum, 1651. in 24.

Dell' Origine , & governo della Republica di S. marino
breue Relatione di Matteo Valli Secretario , e cittadi-
no di esta republica. cum *præfatione latina gabrielis
Naudæi* ab Nobilissimum Doctissimúmque Virum D.
moreum Payerium. Nob. ratif. *In padoüa*, Apresso giulio
ciuellari, 1633. in 4.

*Hieronymi cardani mediolan. ciuisque Tononiensis de
Præceptis ad Filios Libellus. Ex Bibliotheca gabrieli
Naudæi Medici Regij*, cum eiusdem Naudæi *præfatione*
ad raræ indolis Adolescentem D. *Renatum moreau* Renati
Morai Doct. Med. & Profess. Regli Filium. *parisiis*,
apud *Thomam Blaise*, 1635. in 8.

Il Testamento del cardinal Bagny. Roma, 1641. in folio.

*Leonvidu Aretinus de Studiis & Literis. ex Biblio-
theca gabr. Naudæi*, cum eiusdem Naudæi *præfatione*
ad *lucretiam barberinam* lectissimam nobilissimámque
Puellam. *parisiis*, apud *Viduam guilielmi pelè*, 1642. in 8.

Hieronymi cardani mediolanensis de propria Vita liber.
Ex bibliotheca gabrielis Naudæi parisini. cum eiusdem
Judicio de cardano & *præfatione* ad nobilissimum claris-
simumque Virum *Ælium Diedatum* I. C. & Philosophum doctissimum. *parisiis* , apud *Iocobum Villery*,
1643. in 8.

In Epistolam D . pauli ad Titum paraphrasis ad am
plissimum Cardinalem D. *Ioannem Bellaium*. Auctore I
Gopilo. cum *præfatione gabrielis Naudæi* ad Cl. V
ludovicum Mariem Suares Ecclesiæ Metropolitanæ Ave-
nionensis præposium. *parisiis*, ex *Officina Cramosiana*
1644 in 8.

Iulii cæsaris lagalla philosophi Romani Vita , à Leone
Allatio conscripta. Cum *præfatione Gabrielis Naudæi*,
ad cl. V. *Guidonem parinum* , Doctorem Medicum
Parisiensem *parisiis* , apud *Ioannem Bessin*, 1644. in 8.

Bartholomæi perdulsi Doctoris medici parisiensis in Ia-
cobi Syluij *Anatomen* & Hypocratis *librum de Natura
Humana* comment arij , cum *præfatione gabr. Naudæi*
ad cl. V *Iocelum Iouuin*, Doctorem Medicum parisiensem. *parisiis* apud *Henricum du mesnil & Oliuarium de
Varennes*, 1644. in 4.

Joannis Baptistæ Donij patricij Florentini Dissertatio de Vtraque Penula. Cum præfatione gabrielis Naudæi ad clarissimum doctissimumque Virum I. Fr. Slingelandum. parisiis ex Off. cr. 1644. in 8.

Augustini Niphi suæ ætate phi. omnium celeberrimi Opuscula Mor. & politica. cum gabr. naudæi Iudicio de Nipho & præfatione ad Ioannem Bap. gastonem, Ducem Aurelianensem, &c. parisiis, apud Roletum le Duc, 1645. in 4.

Hieronymi Rorarij Exlegati pontificij, Quòd animalia bruta ratione vtantur melius homine, Libri duo. cum præfatione gabr. naudæi, ad petrum & Iacobum puteanos Viros amplissimos. parisiis. ex Off. cra. 1648. in 8.

Scipionis claromontii philosophi & mathematici celeberrimi de Altitudine caucasi Liber, curâ gabr naudæi editus, cum eiusdem præfatione ad ismaelem Bulialdum Virum optimum & doctissimum. parisiis, ex Off. cramosiana 1648. in 4.

Josephi mariæ Suaresi, Vasionensis Episcopi Diatribæ duæ. Quarum prima vniuersalis Historiæ Syntaxim ex Auctoribus græcis nundum editis. Altera Diuersorum locorum & fluminum Synonymiam exhibet. cum præfatione gabr. naudæi patisini parisiis, apud adrianum menier, 1650. in 8.

Heseri georgii é Soc jesu aduersus Pseudo-gersenistas præmonitio noua. cum indice operum omnium Thomæ de Kempis C. R. ex MSS. peruetustis nuper edita & notis illustrata, Iuxta editionem factam ingolstadii in Typographia Ederiana anno Jubileo 1610. cum præfatione gabr naudæi ad R. patrem georgium Heserum. parisi. ex Off. cramesiana, 1651. in 8.

Vita & Syllabus operum omnium Thomæ à Kempis canonici Regularis Ordinis s. Augustini. Ab Auctore Anonymo, sed coæuo, non longé post obitum illius conscripta. Quæ ex Monasterij Rebdenssensis canonicorum Regularium Ordinis s. Augustini, tribus peruetustis codicibus MSS. in lucem protulit georgius Heserus s. I. parisi. ex Off. cramosianâ, 161. in 8.

Thomas de Kempis à seipso restitutus. Vnà cum Repet. Thomæ carrai, qui Sanctimonialibus Angelis parisiélibus à sacris confessionibus est. cum præfatione gabr naudæi ad Lectorem beneuolum parisiis, ex Typog. Vidua H. blagiart. 1651. in 8.

Argumenta duo noua. primum Theophili Eustati P. T â similitudine quam halent libri IV. de Imitatione christi.

cum aliis canonicorum Regularium spiritualibus libris;
Alterum s. p. ioan. Frontonii e. R. à frequenti in iisdem
libris, vitæ communis, & devotorum factâ mentione.
Quibus demonstratur aduersùs pseudogersenistas Thom.
Kempensem verum esse auctorem librorum de Imitatione christi, cum *prafatione gabrelis naudai* ad Lectorem. parisiis, ex Off. cramosianâ, 1651. in 8.

Testimonium aduersùs gersenistas triplex. Lucæ Hol-
stenij, Leonii Allatij, camilli de capua Benedictini. ab
ant. Franc. payen Aduocato in curia romana celeberrimo
literis consignatum. cum *prafatione gabr. naudai* pari-
sin. parisiis, ex officina cramosiana, 1651 in 8.

NAUDÆANA.

LEO ALLATIUS est un fort bon homme Grec de Nation, qui demeure à Rome ; Gentilhomme du Cardinal Barberin à dix écus par mois, & de plus Scribe en Grec de la Bibliotheque Vaticanne. Il est natif de Chio, d'où il fait venir Homere ; il est tres-sçavant en Grec & en humanités. Il a fait un Livre de *Patriâ Homeri*, dans lequel (*page 72.*) il appelle Jules Scaliger *Decoctor*, en haine de ce que ce sçavant haïssoit les

A

Auteurs Grecs, & particulierement Homere qu'il avoit trop
rabaiſſé au deſſous de Virgile.
S'il avoit un Imprimeur à ſa devotion il feroit imprimer plus de
livres Grecs que n'a fait *Meurſius* ;
c'eſt le plus ſçavant qui ſoit à Rome. Il a environ cinquante ſix ans.

Gregoire XIII. l'avoit envoyé
en Allemagne pour faire amener
la Bibliotheque d'Heidelberg à
Rome , ce qu'il fit. Il lui avoit
promis pour recompenſe un Canonicat ; quand il revint il trouva
ce Pape mort, ſi bien qu'il n'a rien
eu , au contraire il fut mis en priſon , accuſé d'avoir diſtrait les
meilleurs Livres de la Bibliotheque. *Scioppius* étoit ſon principal
accuſateur , mais il ſe deffendit ſi
bien qu'il en ſortit. Il y en avoit
à Rome qui avoient bien envie
qu'il fut pendu , mais ç'eut été
dommage. Il perdit l'eſperance
de ſon Canonicat en ſauvant ſa vie.

※※ ※※

SCIPIO CLARAMONTIUS *Giavanotte*
est un Gentil homme de Cesenne
agé de quatre-vingt ans, fort sçavant, grand Philosophe & Ma-
thematicien. Il a fait plusieurs Ouvrages de l'une & de l'autre science ; il est marié à une jeune & fort
belle femme donc il se sert encore
fort bien, car il est de complexion
fort amoureuse : *est enim libidinosus
& salacissimus* : bien qu'il soit vieux
Sed cruda viro viridisque senectus.
Dans le Privilege de son Livre *de
Atrabile quod ad mores*, on le qua-
lifie Medecin du Pape, mais il ne
le fut jamais. Il est grand Philosophe, homme fort moral ; c'est en
quoi il excelle.

※※ ※※

Feu M. le Cardinal BAGNY
me demanda un jour quel étoit le
meilleur de tous les Livres ; je lui
dis qu'aprés la Bible, il me sem-

bloit que c'étoit la Sageſſe deCha-
ron; il me marqua du regret de
ne pas connoître ce Livre; & il
ajoûta que le meilleur à ſon gré
étoit la Rhetorique d'Ariſtote,
pour la quantité des bonnes choſes qu'il contient. Ce bon Cardinal avoit raiſon, car ce Livre eſt
tout plein de bon preceptes.

CASTEL - VETRO Gentil-
homme Modenois de grand eſprit
& d'une profonde erudition,
eut querelle avec Annibal Caro,
& ils en vinrent *à verbis ad ver-
bera*, Il ſit bien battre ſon An-
tagoniſte puis ſe ſauva à Bâle.
La Menardiere a preſque tout fri-
pé ſa Poëtique.

CAMPANELLA ſit ſon Li-
vre *de Monarchia Hiſpanica*, dans
lequel il donne au Roy d'Eſpagne

le moyen de devenir Maître de l'Europe pendant qu'il étoit prisonnier à Naples où il resta vingt-huict ans. En France il fit plusieurs Actes d'Astrologue; consulté par le Cardinal de Richelieu si Monsieur monteroit sur le Trône, il lui répondit : *Imperium non gustabit in æternum.*

※※ ※※

S C I P I O N D E G R A M O N T, *vir salacissimus ; & talis esse creditur quia natura est* ΤΡΙΟΡΧΝΖ, *à pluralitate testium. Tales fuere falsus Rex Æthyopiæ,* Philelplus, *Fernel Medecin de Paris,* Philippe Lantgrave de Hesse-Cassel mort en 1567.

※※ ※※

B E N E D I C T U S T H E O C R E N U S Precepteur des Enfans de François I. Genois, Evêque de Grasse, excelloit en Vers Lyriques.

A iij

Jérôme Borri

HIERONIMUS BORRO, Professeur de Philosophie à Pise, étoit fort cheri du Grand Duc ; c'étoit un athée parfait, il n'a pas été brûlé, mais il le meritoit bien ; il avoit dit un jour que *supra octavam spheram nihil est*. L'Inquisiteur le voulut obliger de se dedire : il monta en chaire le lendemain & dit à ses Auditeurs : Messieurs, je vous ai maintenu & prouvé que *supra octavam spheram nihil est*, on veut que je me dedise ; je vous assure que s'il y a autre chose, ce ne peut être qu'un plat de macarons pour M. l'Inquisiteur. *Quo dicto se fuga proripiens saluti consuluit*. Il eut été brûlé plusieurs fois sans le Grand Duc qui l'aimoit ; il est pourtant mort en fuite.

L'Italie est pleine & abonde en

ces sortes de gens qui penetrent le plus avant qu'il leur est possible dans la nature, & ne croyent rien plus. Pour trouver Dieu dans le desordre qui est aujourd'hui dans le monde, il faut avoir de la modestie & de l'humilité, il faut soûmettre son esprit aux sacrés mysteres de la Religion: *captivantes intellectum in obsequium fidei*, dit S. Paul.

※※ ※※

On voit en Italie grande quantité de vieillards & plus qu'en France ; on pourroit en rapporter la cause à la bonté de leur air ; mais je n'en reconnois point de plus puissante que leur sobrieté ; & je crois que c'est par ce moyen qu'on y voit tant de gens qui ont passé quatre-vingt ans.

※※ ※※

MACHIAVEL étoit un Secretaire de la République de

A iv

Florence ; il n'étoit pas fort sçavant , mais il avoit un esprit excellent & prodigieux; il étoit d'u-
ne bonne famille , ils sont parens
du Pape Urbain VIII. & même
en la derniere promotion il y a eu
un Cardinal de ce nom , qui ne
l'a été qu'à cause de la parenté.
L'esprit & les écrits de Machiavel sont fort prisez en Italie.
Sciopius a fait un Livre pour la
deffence de Machiavel imprimé
à Rome. M. *Grosius* dit que c'est
le meilleur Livre qu'ait jamais
fait Auteur ; ce Gaspard Scioppius
est ennemi des Jesuites ; il a écrit
contre eux , mais il est si vieux
qu'il radotte.

‡ ‡

Les Italiens font grand état de
M. l'Evêque du Bellay , ils tradui-
sent ses Livres, & admirent la fe-
condité de son esprit, d'en faire
tant & de si bons & si prompte-

ment; ils font un tems infini à
faire un Romant, & se donnent
bien de la peine & du mal de tête pour y reüffir; mais lui tout de
suite en fait un beau en quinze
jours. Ils prisent fort aussi ce qu'il
a fait contre les Moines.

※H·K※

Isaac CASAUBON est estimé à Rome comme un homme tres-sçavant & un grand critique, il a
dit dans ses Épîtres: *Si Atheus essem, Romæ essem*, & je pense qu'il
dit vrai; mais il ne sera jamais
le premier, il y en a bien d'autres
avant lui, & il y en aura encore
après. *Ejusmodi Theodororum maximus est proventus in Italia.* Si le bon
homme fut allé à Rome, comme
il y étoit invité, il eut pû s'y gâ-
ter & s'y perdre comme beaucoup
d'autres ont fait *in illa negotiosa
otiosorum matre. Obiit Londini Ka-
lend. Julij ann.* 1624. *filium habuit*

Augustinum Ordine Capucinum pietate & doctrina insignem qui ante paucos annos Galesij nefario quorumdam scelere Venenatus interiit, ut narrat Ogerius in Itinere Danico anni 1635. p. 12.

❊❊❊

AUGUSTINUS MASCARDUS Professeur d'Humanités à Rome, Camerier d'honneur, la meilleure plume ou plûtôt le Balzac d'Italie, quand il écrivoit dans sa langue; mais au reste fort vicieux & débauché.

❊❊❊

JANUS NYCIUS ERYTREUS *vulgo* VICTOR ROSSY est un Gentilhomme Romain fort sçavant. Il a fait des Epîtres & des Dialogues; il n'est point marié à la mode des Italiens & principalement de ceux de Rome ausquels ce Sacrement ne plaît pas beaucoup.

⧗⧗

ANTONIUS DE DOMINIS *Marc Antoine de Dominis Archevêque de Spalatro en Dalmatie* avoit été Jesuite, il avoit fait imprimer *de fluxu & refluxu Maris.* Il étoit tres-ſçavant, ſe fit Huguenot par dépit, & puis ſe refit Catholique & revint à Rome, s'imaginant qu'il deviendroit Cardinal; il rentra dans Rome avec un grand faſte dans un caroſſe à ſix chevaux; puis ſe voyant fruſtré de ſon eſperance, il fut vrayement relaps, & fut remis en priſon où il mourut *l'an 1625 au Château St. Ange*, & puis fut traîné à la voirie. Son Maître d'Hôtel Moine renié fût pendu à Rome pour avoir volé huiĉt cens écus à Abraham Bzovius Jacobin Polonois qui a continué Baronius, & qui étoit logé dans le Vatican où il fit ce vol après avoir tué ſon valet.

⧗⧗

HUGO GROTIUS eſt en forte *Hugue de Groot mé à Delft en Hollande le 1583.*

grande eſtime à Rome pour ſon
ſçavoir & ſon merite perſonnel ;
le Cardinal Barbarin en fait grand
état, & le ſerviroit s'il pouvoit ;
il en fait plus d'état que de Sau-
maiſe, dont la reputation y eſt
bien moindre.

*Sam̃ Pedro Jiron III. Duque
     Iam. 1616*

Le Duc d'OSSONE Viceroy
de Naples, étoit un excellent eſprit, grand Politique, qui eut un
deſſein ſur Veniſe, & peu s'en falut qu'elle ne fut priſe ; il penſa
auſſi à ſe faire Roy de Naples, &
d'en chaſſer le Roy d'Eſpagne,
mais il n'en pût venir à bout. M.
de Luynes & le Conſeil de France lui manqua. Viel dans ſon Hiſtoire du Connêtable de Leſdi-
guieres. Il ſe voit en Italie un Livre intitulé *Conjuratio Oſſoniana.*
Barthol. Tortoleti.

*con Luis que
fue elle
Gaspar no
fue plan
1612 casoſe
con Pedro
de Toledo
O qui’s
Cardenal
Ayur la
de esta
fameuse
Conspiration*

Piſces non habent collum neque pul-

monem ; reptilia non habent pulmo-
nem. Nullum animal habet pulmonem
quod non habent collum, atqui aves
illæ maritimæ fulicarum de genere quæ
vulgò dicuntur, macreufes *, habent*
pulmonem, ergo non funt pifces.

CARDAN naquit à Milan l'an
1501. il a été fort grand efprit
qui a tout fceu & tout voulu fça.
voir. *Sed quia multa funt hominum*
generi impervia & incognita multis, in
locis nugatus eft, nec folum ibi huma-
næ imbecillitatis, fed etiam propriæ in-
conftantiæ luculenta teftimonia edidit.
Mais on ne peut nier qu'il n'ait
eu un efprit prodigieufement
grand & fçavant ; même les Italiens difent de lui : *plura fcripfit*
quam legit ; plura docuit quam didif-
cit. Senex naturæ legibus fatisfecit, Ro-
mæ anno 1576. ou il avoit été appellé pour étre Medecin de Gregoire X I I I. *ætatis* 75. *Multa anec-*

dota reliquit, in primis librum de Ar-
canis æternitatis que Thomaffin dit
avoir vû à Rome ; je l'ai vû auffi
en la Bibliotheque du Cardinal
Pio ; c'eft un excellent Livre &
des meilleurs qu'il ait fait.

Scaliger dans fon Livre *de Sub-*
tilitate adverfus Cardanum ejus in-
æqualitatem ubique diligenter notat,
& ait in quibufdam plus homine eum
fapere , interdum minus pueris intelli-
gere. Je ne fçai que vous dire de fa
Religion , c'étoit un efprit fi in-
conftant qu'il ne fçavoit pas lui
même ce qu'il étoit ; & neanmoins c'étoit un homme qui n'é-
toit pas trop chargé , & qui n'a-
voit par l'efprit trop embaraffé
des articles de nôtre foi ni des
myfteres de la Religion Chrêtienne, Tout ce qu'on dit de
Dieu , du Paradis , du Purgatoire,
des Enfers , de l'Immortalité de
l'Ame, *de ftatu animarum poft mor-*
tem , lui étoient des chofes fort

problematiques, auſſi bien qu'elles l'ont été depuis a beaucoup d'autres.

Ж-Ж

Le Livre que Cardan a fait de la Sageſſe & celui de Charon ſont fort bons ; celui de Charon n'eſt que la theorie dont celui de Cardan eſt la pratique.

Le traité du même Cardan de l'immortalité de l'ame eſt la theorie dont ſon *Proxeneta ſive , de Prudentia civili* eſt la pratique ; ceci marque l'ordre dans lequel il faut lire ces Livres.

Ж-Ж

CŒLIUS RHODIGINUS étoit de Rohigo ; il a profeſſé a Padouë ; Bonifacius Juriſconſulte de ce païs-là a fait une Oraiſon Latine que j'ai veuë imprimée, dans laquelle il a tâché

Rovigo
perſuader à ceux de ~~Ronigo~~ de
dreſſer une ſtatuë à ce grand
homme.

▶▶◀◀ ▶▶◀◀

*Agoſtino
Ovigi* A U G U S T I N U S O R I G I U S
Cardinal, étoit fils d'un Maſſon
de Sainte Sophie de Romagne : il
avoit demandé l'aumône ; il avoit
un frere garçon d'un potier, qui
le retiroit le ſoir & le faiſoit cou-
cher en ſa boutique ſur le banc
ſur lequel il travailloit le jour ;
il étudia un peu, puis fut Precepteur dans diverſes Maiſons, puis
devint Chanoine de Spolete, en-
ſuite fût Aumônier du Pape Urbain V I I I. qui étant êveque de
Spolete, l'avoit pris pour être Precepteur de ſes Neveux, & le fit
enfin Cardinal. Il n'avoit pas d'eſprit, & ne pouvoit dire un mot à
propos ; il eſt mort en ſon Arche-
vêché de Benevent. Le Pape l'aimoit parcequ'il le croyoit grand
Theologien. *Multa ſcripſit.* Tout a
été

été imprimé à Rome en un volume. Il a tourné en Latin la vie de Jean Vincent Pinelli imprimée en 1608. in-4. que Paulus Gualdus avoit originairement faite en Italien.

‡‡ ‡‡

. LAURENTIUS PIGNORIUS *Laurent Pignorij* étoit un Curé de S. Laurent de Padouë, fort fçavant en humanités, Antiquaire d'importance *qui multa fcripfit*, grand ami de Domin. Molino Provéditeur de la Republique de Venife, qui étoit fon Mecene comme a beaucoup d'autres.

‡‡ ‡‡

GALILEO GALILEI eft mort à Florence le 7. Janvier âgé de 80. ans, fans avoir été marié, grand perfonnage aux Mathematiques, & qui croyoit cette opinion de Copernic : *folem ftare & terram moveri*, laquelle a été condamnée à Rome, & neanmoins la

B

plûpart des grands hommes la tiennent pour vraye.

※※※

Bartholomeo
Tortoleti   BARTHOLOM. TORTOLETUS a aujourd'hui 75. ans, il a été Secretaire du Cardinal Pio plus de 20. ans, il est Clerc de S. Pierre, il est fort sçavant, *& multa scripsit.*

※※※

Le Cardinal SCIPIO COBELLUTIUS étoit fils d'un Apoticaire de Viterbe ; il étoit Secretaire des Brefs sous Paul. V. il étoit bon, sage, sçavant & aimoit les sçavans ; il aimoit bien Barclay & lui donnoit souvent des poignées de pistoles. Il est mort l'an 1626. il avoit envie d'être Pape. Ce fut lui qui fit faire à Gregoire XV. la Bulle de *eligendo Pontifice*, par le moyen de laquelle il esperoit de devenir Pape à l'exclusion des autres, esperant que *fibi foli competeret congeries illa* de toutes les conditions qu'il requeroit en ce Bref.

※ ※

Le Cardinal P E R R E T I eft Romain âgé de 45. ans, il eft de la famille de Sixte V. il eft tout Efpagnol d'inclination, auffi a t-il été fait Cardinal par cette voye; mais on ne lui a pas donné fon bonnet pour rien, il l'a bien achetté des Efpagnols.

※ ※

Le Cardinal B A R O N I U S étoit fils d'un païfan, c'eft pourquoi Jofeph Scaliger en parlant de lui en fes Epîtres p: 316. l'a appellé *de peronato natus patre.**Il avoit été lontêms pauvre Prêtre, Sa naiffance ne lui avoit donné aucun avantage, mais fa Doctrine lui en a donné beaucoup.

* *Perones font des Guêtres; quibus tunc tantum niebantur ruftici.*

B ij.

Il a fait en ses Annales tant qu'il a pû pour le Pape, c'est pourquoi on dit de lui ce passage de Terence : *id sibi negotij credidit solum dari Papæ ut placerent quas fecisset fabulas.* en recompense de tant depeines le Pape Clement VIII. le fit Cardinal; les Centuriateurs de Magdebourg lui ont montré le chemin pour faire ses Annales Ecclesiastiques, il s'est heureusement servi de leurs Centuries en tenant toûjours pour le Pape, lors qu'ils soûtenoient le parti contraire. *Baronius in Summum Pontificem fuisset assumptus an.* 1605. *procurante Cardinali Perronio, nisi Hispani obicem posuissent ob ea quæ scripsit in Annalibus de Siciliæ Regno.*

※※※

Quand le Pape fait un Cardinal, il lui donne 1200 écus de pension ordinairement, & 3000. écus une fois payés pour s'accomoder ; mais il n'y a que les Moines qui pren-

nent cette penſion, parce qu'ils
ſortent de leurs Convents pauvres & dénuez ; les Cardinaux ſé-
culiers ne prennent point cette
penſion, parce qu'ordinairement
ils ſont riches ou de patrimoine
ou de Benefices.

※※※

AVERROËS étoit Arabe Ma-
hometan & grand Philoſophe Peripateticien. Il a dit *moriatur anima mea morte Philoſophorum*, comme s'il falloit pour être bon Philoſophe ne rien croire, être franc
athée comme il étoit, & ſur tout
tenir pour une fable tout ce qu'on
dit de l'immortalité de l'Ame.
C'eſt lui-même qui a dit qu'il
n'y avoit pas de pire Religion que
la Chrêtienne.

Voilà d'étranges impietés : *tamen latent ſub pallio hypocrito Philoſophorum qui ut ait Tertullianus libro adverſ. Hermog. fuerunt Patriarche hereticorum.*

※※

FRIDERICUS BONAVENTURA est un Gentilhomme d'Urbain qui n'est pas Medecin, combien que tres-sçavant en Medecine ; il a fait un Livre *de Partu*, & plusieurs autres, & a fait imprimer un gros Livre *de fluxu & refluxu maris.*

※※

Theophile de Folengi

THEOPHILUS FOLENGIUS étoit le propre nom du mirifique Macaronique Docteur Merlin Cocais qui a été le vrai prototype de Rabelais, & qui a écrit le premier en style Macaronique auquel il a excellé. Il a fait quantité de Livres, la plûpart desquels sont fort rares : *Folengius erat patria Mantuanus Monachus Benedictinus, author pœmat. Macaronici. Obiit anno 1543. planè quinquagenarius.* On mit l'an 1609, ces deux Vers sur son Tombeau.

Grætiâ quid latio vix unum oftendis Homerum?

Vna duos numerat Mantua Mæonidas.

Si nôtre Cardinal BAGNY ne fut pas mort l'an paffé 1641. j'avois commencé à écrire quelque chofe de lui en Italien & de fes œuvres que peut être j'acheverai quelque jour.

❊❊❊❊

Jerome

FRACASTOR vint au monde *celebre* fans bouche, il n'avoit qu'une *Medecin* petite fente ; c'eft-à-dire que fes *no fe* lévres fe tenoient ; un Chirurgien *Verville* les fepara avec un razoir. Sur-quoi Jules Scaliger a fait ces Vers:

Os Fracaftorio nafcenti defuit, ergo
  Sedulus attentâ finxit Apollo manu.
Inde Hauri, Medicufque ingens, ingenfque Poeta
Et magno facies omnia plena Deo.

Un jour que sa Mere se pro-
menoit dans un jardin tenant Fracastor entre ses bras, elle fut écra-
sée par le tonnere sans que le petit enfant en fut aucunement
blessé; du depuis il fut habile Medecin, il exerçoit même sa profession gratuitement ; son Poëme
de Syphilide de la verole est incomparable; il a composé un autre Poëme sur les avantures du
Patriarche Joseph ; mais son
feu l'avoit abandonné, & Fracastor fit moins d'honneur à ce
saint homme, qu'il n'avoit fait à
la verole.

JACOBUS MAZONIUS étoit
un Gentilhomme de Cesene, qui
enseigna la Philosophie à Pise,
chez lequel le Cardinal avoit
été pensionaire pendant deux ans;
c'étoit un des sçavans hommes
qui fut jamais ; lui & François
Patrice ont été les deux plus sça-

vans de leur têms ; Mazonius a
été le seul qui a tenu tête en Italie à ce Jâques Criton Ecossoi
qui se vantoit de pouvoir répon
dre à l'âge de vingt ans *de omni
scibili.* Il a donné au public de
bons & excellens Livres, comme
la défense de Danse en Italien *in
quarto* l'an 1587. *de triplici hominum
vitâ inquarto* en 1577. Il y a dans
ce Livre 5197. conclusions, & un
infolio imprimé à Venise en 1597.
*de comparatione Platonis & Aristote-
lis ;* sans oublier un autre *inquarto
de vitâ contemplativâ.* Il n'a laissé
qu'une fille mariée à un Marti-
nelli Gentilhomme de Cefenne
qui a fait son Oraison Funebre,
dans laquelle on trouve plusieurs
particularités de sa vie.

ANDRÆAS ARGOLUS est
un Professeur de Mathematiques
à Padoüe, *qui multa scripsit præser-*

C

cum Ephemerides. Il gagne sa vie à faire des Horoscopes, & est âgé de soixante-six ans.

❦❦❦

CASSIANUS A PUTEO, est un Chevalier Piemontois qui demeure à Rome âgé de quarante huit ans. Il a six mil livres de rente & est neveu d'un Archevêque de Pise qui portoit ce nom, il n'est point marié, & est fort versé aux choses naturelles ; il nourrit quantité d'animaux étrangers & entretient commerce avec plusieurs sçavans.

❦❦❦

Le VATICAN est une grande Maison joignant & qui tient à S. Pierre de Rome, où loge le Pape ; le Capitole est l'Hôtel de Ville.

❦❦❦

Quand le Christianisme commença à se répandre par tout le

monde; Les plus sçavans écrivirent contre cette nouvelle Religion qui leur choquoit le sens commun, & qui renversoit tous leurs principes: *quorum opera omnia perierunt.* Neanmois un Italien en a ramassé force fragmens, & les a assemblez en un Livre intitulé : *Dominici Mellinij Guidonis filij, in veteres quosdam scriptores male volos Christiani nominis obtrectatores.*

✳✳✳

PETRUS POMPONATIUS étoit un Professeur de Philosophie à Padouë du têms de Leon X. on lui voulut faire son procés & il fut en grand danger d'être brûlé; mais le Cardinal *Petrus Bembus* le sauva, *Ganellus* Jacobin fort sçavant étoit son ennemi capital. *Pomponatius* fit une Apologie pour son Livre qui étoit pire que le Livre même. Je n'ai jamais vû Philosophe qui n'ait loüé Pom-

ponace , quoi qu'il eut écrit con_
tre lui ; c'eſt ſigne que c'étoit un
bon homme ; il n'étoit ni Prêtre
ni marié : *erat Mant᷃ nus*, petit
homme , vif & fort ſçavant. Il a
enſeigné à Boulogne *animas poſt
mortem corporis interituras , ex ſenten-
tia Ariſtotelis. Vide Iovium in elogiis.*
Il mourut à Boulogne âgé de ſoixante & trois ans d'une retention
d'urine , & fut raporté à Mantoüe , où il eſt enterré. Perſonne
n'a encore reprit ſes Livres de
fauſſeté & n'a pû renverſer ſes
raiſons.

GASPARD DE SIMEONIBUS
eſt un Gentilhomme d'Aquila
qui étoit Secretaire du feu Car-
dinal J * * *.| Il a quarente ſix
ans , & eſt fort ſçavant homme :
multa ſcripſit.

ÆMILIUS PARISANUS eſt
Romain qui exerce la Chirurgie

à Venife. Il eft fort âgé & tres-
habile en fa profeſſion. C'eſt un
petit vieillard fort riche, qui aime à difputer contre tout le monde, *multa fcripfit*. Il eſt grand ennemi de M. Rioland, & a écrit
contre lui.

EUSTACHIUS RUDIUS
étoit Profeſſeur à Padoüe de grande reputation pour le Pronoſtic;
de forte qu'on dit encore dans
l'Italie : Dieu te garde du pronoſtic de Rudius. J'ai oüi dire autrefois la même chofe de M. Simon
Pierre, qui mourut en 1618. car
perſonne ne pouvoit guerir celui
qu'il avoit une fois condamné à
la mort.

APOLLONIUS THIANÆUS
infailliblement a vêcu, & a été
quelque grand Perſonnage; mais
on a fait de fa vie un Roman.
V. mon Apolog. des Gr. Hom. pag. 168.

※ ※

Le Livre intitulé *Cyclopædia An-*
ticlaudiani , feu de Officio viri boni
Libri IX. Heroico Carmine confcripti ,
imprimé à Anvers l'an 1611. a été
fait par un auteur Anglois nommé *Alanus*, qui a fait un autre Livre qui eft manufcrit, & qui eft
neanmoins commun dans les Bibliotheques intitulé : *de Planctu*
natura adverfus Sodomitas.

※ ※

*Antonio
Quærengo
né à
Padoue*

ANTONIUS QUÆRENGUS
étoit un Padoüan fort fçavant ;
c'étoit un Monfeigneur qui alloit
par Rome vêtu d'un étoffe de
gros de Naples toute de foye cou-
leur de bleu Turquin : *multa fcrip-*
fit.

※ ※

MACHIAVEL & CARDAN
ont dit que Gregoire VII. avoit
fait brûler la plûpart des bons Li-

vres des Anciens. Ce fut lui qui
fit brûler toutes les œuvres de
Varron, *qui fuit Romanorum toga-*
torum doctissimus, ne ex ejus Libris
Plagij reus, posset insimulari Divus
Augustinus qui suos libros de Civitate
Dei totos ex Varrone descripserat. Ali-
qui negant factum, mais cela n'est
pas aisé à croire; ce Pape en avoit
bien fait & entrepris d'autres.

※※※

Quant je fus à Milan, je m'en-
quis de la posterité de *Cardan*; on
me dit qu'il n'y en avoit plus
qu'un certain Bonnetier, lequel
disoit que Cardan avoit été à Rome en intention d'y devenir Cardinal, & qu'il y avoit été empoisonné.

※※※

PASQUALINUS étoit un Be- *Pascalini*
neficier de Sainte Marie Majeure.
C'est lui qui a fait l'*Index perpetuus*
sur les Metamorphoses d'Ovide.

C iiij

✦✦✦✦

JOSEPHI *scripta Antiquitatum Hebraicarum & belli Judaorum*, est un auteur tout falsifié ; Les Juifs d'aujourd'hui l'ont tout autre que le nôtre, dans lequel il y a bien de la supposition. Joseph Scaliger avoit envie d'y travailler s'il ne fut mort ; Je voudrois qu'il l'eut fait Samuel Petitus qui l'entreprend ne fera pas si bien que lui, il ne debute pas comme Scaliger a fait sur son Eusebe. *est infelix criticus*. Il ne cite jamais aucun Vers qu'il n'y trouve à reprendre.

✦✦✦✦

sur la lecture *Lapaccei* JULIUS CÆSAR LAPACIUS est un Secretaire de la Ville de Naples qui a fait des éloges en Latin *Illustriorum virorum & fœminarum*. Il est mort, *scripsit historiam Neapolitanam & alia multa*.

JOANNES FRANCISCUS
STINGELANTIUS est un
Hollandois, qui est aujourd'huy
un des Secretaires du Conseil de
Malines. Il a été Chanoine de
Douay & auparavant Secretaire
des Lettres Latines du Cardinal
Bagny lors qu'il etoit Nonce en
Flandres.

JULIUS CÆSAR BULEN-
GERUS professant la Rhetorique
aux Grassins fut emprisonné pour
de la fausse monnoye. Les amis
qu'il avoit au Parlement le firent
sauver. Il s'enfuit & demanda l'aumône, étant parvenu en Italie, il
alla à Pise où il fut bien receu du
Grand Duc. Son Histoire est peu
de chose & presque toutes ses
œuvres. Cet homme étoit extrêmement inegal. Il étoit scavant,
Prêtre, Predicateur, Alchimiste,
debauché aux femmes, yvrogne,

faux monoyeur. Il avoit été Jefuite en fon jeune âge. Il y eſt re-
tourné , & y eſt mort.

※ ※

Marc Antoine **MURETUS** s'enfuit de France
Muret pour avoir tué un homme. Aprés
Simoulin avoir demeuré quatre ans à Veniſe, d'ou il s'enfuit auſſi pour un
autre ſujet, il vint à Rome, où ilfut
bien receu. Il y a fait grande fortune & y eſt mort bien riche. On
dit qu'il pleuroit toûjours en di-
ſant la Meſſe. Il a deſavoüé des
Lettres qui ont été imprimées
fous fon nom, avec celles de Lam-
bin & de *Ludovicus Regius.* Ce de-
faveu ſe lit dans les dernieres E-
ditions de ſes Epîtres. Etant à
Rome il y vécut en fort homme
de bien. On ne parla pas de lui
comme on avoit fait à Thoulouſe,
à Paris & à Veniſe. Il s'y fit Prêtre & y vécut ſans ſcandale, mais
il y amaſſa bien du bien , par la

liberalité du Pape Gregoire
treisiéme, & parcequ'ill dit que
Rome est la Ville des propre
& des vieillards, il s'y fit propre
& y vieillit avec grande reputation ; mais il n'en pouvoit plus
lorsque sa vie le quitta. Sa memoire est encore cherie & hono-
rée à Rome ; les Italiens avoüent
qu'il a écrit par tout avec grand
jugement, & que rien ne lui man-
quoit de tout ce qui est requis
pour un grand personnage.

Qui rigida flamas evaserat anteTolosa
Muretus fumos vendidit ille mihi.

dit Scaliger aprés que Muret lui
eut fait passer une de ses Epigrammes pour être de quelque
Ancien.

ONUPHRIUS étoit de Veron-
ne *Heermita Augustinianus vir ad*
omnes & Romanas & Ecclesiasticas
antiquitates è tenebris eruendas na-
tus, Obiit Panormi cum duntaxat 39.

attigisset. Il étoit fort sçavant homme, *valdè laudatus à Scaligero.* Il y a eucore de lui force manuscrits à Rome qui seroient bons à être imprimez.

✻ ✻

VINCENTIUS BARONIUS sçavant Medecin qui exerçoit la Medecine à Forly païs de Mercurial, n'étoit point parent du Cardinal de son nom. Il a écrit un Livre *de Peripneumonia*, imprimé à Forly l'an 1636. & dedié à nôtre Cardinal Bagny.

✻ ✻

Le Cardinal SERAPHIM mourut à Rome l'an 1609. c'étoit un excellent homme. L'Abbé du Bois lui a fait une Oraison Funebre qui est imprimée en Italie.

✻ ✻

VIRGILIO MALVEZZY est un Marquis de Bologne qui a travaillé sur Tacite. Il a fait aussi le Romulo, le Tarquinio

le David perſecuté. Il a auſſi écrit
quelque choſe en faveur des Eſpagnols contre les François ; on
m'a dit auſſi qu'il travailloit à la
vie du Comte Duc d'Olivarez ,
qui eſt aujourd'hui le premier
Miniſtre d'Eſpagne.

**MELCHIOR GUILLANDINUS
BORUSTUS** à été un des ſçavans hommes de ſon têms. Ayant
fait deſſein de voyager dans les
païs étrangers; il s'embarqna ſur
la Mer Mediterranée avec quelques Venitiens, & paſſa d'Aſie en
Afrique ; & même fut juſques aux
Indes ; mais ayant été pris par
des Pirates il fut cruellement traité. Il reſta pluſieurs années cap-
tif en Barbarie, où il étoit allé
pour apprendre les Medicamens
étrangers. Un noble Venitien le
racheta & l'ammena à Padoüe où
il fut fait Profeſſeur aux Simples,
& Prefet du Jardin Medecinal .

puis il mourut l'an 1589. Il eut
une groffe querelle avec Mathio-
le, avec Jofeph Scaliger & autres: *multa fcripfit*. Etant ennemi
de Scaliger avec *Robertus Titius*,
il confeilla à *Scioppius* d'écrire
contre la pretenduë principauté
de Verone de Scaliger, & de faire le *Scaliger hyperbolimæus*, qui fut
imprimé l'an 1607. à Mayence.

※※

T R O I L E S A N E L L I Gentilhomme Romain, eut la tête
tranchée à Rome âgé de dix-neuf
ans; convaincu de plufieurs crimes; il avoit injurié & battu fa
mere; il avoit auffi battu le neveu du Pape Clement VIII. s'ê-
tant rencontrez enfemble dans
un lieu de débauche.

※※

L'Italie eft pleine de libertins
& d'athées & de gens qui ne
croyent rien, & neanmoins le
nombre de ceux qui ont écrit de

l'immortalité de l'ame est presque infini ; mais je pense que
ces mêmes Ecrivains n'en croyent
pas plus que les autres ; car c'est
une maxime que je tiens pour
certaine, que le doute qu'ils en
ont est une des premieres causes
qui les oblige d'en écrire, joint
que tous leurs écrits sont si foi-
bles que personne n'en peut devenir plus assuré ; mais au contraire au lieu d'instruire ils sont
propres à faire douter de tout.

JULIUS CÆSAR DA GALLA
Napolitain, Professeur de la Sapience à Rome, étoit un bon &
sçavant honme & bien gras ; je
pense qu'il étoit bon Catholique, sur tout fort credule. Il avoit
une grande inclination pour les
François, & disoit que ses ayeux
étoient descendus de Norman-

die. Il haïſſoit les Eſpagnols &
les Jeſuites. Je ne ſçai s'il avoit
quelque Benefice, mais il diſoit
ſon Breviaire tous les jours, &
preſque toûjours à genoux, *la-
borabat tabe dorſali*, de laquelle il
eſt mort. Je ne lui ai jamais entendu dire du mal des François;
au contraire il étoit ravi de joye
quand il en entendoit dire quelque bonne nouvelle. Il avoit commencé un Livre *de unguento Ar-
mario*. Il a écrit *de immortalitate
animæ*, *de phænomenis in orbe Lunæ*;
de luce & lumine. Il ne fut jamais
ni Prêtre ni marié, & eſt enterré aux Chartreux. *Procellatius* a
fait ſa vie, mais on ne veut pas
ſouffrir à Rome qu'elle ſoit imprimée.

⁂

CHYCUS ÆSCULANUS ou
D'ASCOLY en François, fut un
excellent Aſtrologue. Il a commenté la Sphere de Sacroboſco.
Voyez

Voyez ce que j'en ai dit en mon Apologie p. 344. c'étoit un drole qui faifoit le Magicien. Il a fait une Phyfique en Rimes Italien-nes. Il vivoit en l'an 1320. du têms de *Garbo*, qui étoit un Medecin de Florence qui le denonça com-me Magicien auxInquifiteurs par Arreft defquels il fut brûlé vif. J'ai vû fon procés à Rome dans la Bibliotheque du Chevalier del Pozzo.

━━ ◆◆◆ ━━

Il y a des Juifs en toutes les Villes d'Italie. Ils y font tolerez parcequ'ils font commodes pour les neceffitez de la vie. Il leur eft deffendu d'acquerir des immeu-bles : quelques uns d'entr'eux fe font Chrêtiens, & cela arrive af-fez fouvent, mais fi un Chrétien fe faifoit Juif on le brûleroit.

Le Pape prend tribut d'eux, & outre cela ils font obligez de payer le prix que l'on court à

D.

Rome les jours de Carnaval.
Quand un Juif se convertit le
parrain qui est pour l'ordinaire
un Cardinal le promene en carrosse par la Ville quinze jours
durant habillé de satin blanc ; &
quand tout le monde l'a vû & re-
counu pour Chrêtien, il quitte
son habit de satin & s'habille
comme les autres Chrêtiens. Une
fois la Semaine on prêche à Rome contre eux : c'est un Jacobin
qui est destiné pour cela : ils sont
obligez d'y envoyer de vingt en
vingt maisons. On ne leur fait
aucun tort à Rome pourvû qu'ils
se contiennent & gardent les
Loix. *Alstedius* a quelque part fait
mention d'une Prophetie, laquelle parle d'une certaine grande
conjonction du Soleil & de la Lu-
ne, & que pour lors tout le monde deviendra Juif, & qu'elle du-
rera mille ans. Les Juifs sont les
fripiers d'Italie.

Autrefois les Papes ne se ser-
voient que de Juifs ; mais aujourd'hui pour quelques causes
particulieres, peut-être, *nomine*
& specie Religionis, ils ne s'en servent plus. Mais ils les souffrent
toûjours à Rome & les conservent
cherement , soit parceque le public en est soulagé par le commerce , soit par des raisons que
tout le monde ne sçait pas. C'est
une chose miraculeuse comme ce
peuple haï de tout le monde ,
chassé de son païs & qui est mau-
dit de tous, a pû se conserver jusqu'ici en tant d'endroits. Ils ont
encore des Sacrificateurs qu'ils
appellent Rabbi. Les Chrêtiens
vont quelquefois voir leur Temple , leur Synagogue, & la Cir-
concision. Les Moines vont quelquefois disputer contre leurs Rabbi sur les principaux points de la
Religion Chrétienne.

D ij

✠✠✠✠

Le Cardinal S P A D A est de
Forly fils d'un Marchand fort
riche, il a été Nonce en France ;
c'est un homme de grande intrigue dans le Conclave & par tout,
il est encore trop jeune pour être
Pape ; il brigue maintenant pour
ses amis *Rocci* & *Pamphilio*, puis-
aprés il briguera pour lui-même.

✠✠✠✠

On donna un jour à *Magin*
Professeur de Mathematiques à
Padouë *Themata Natalitia* de deux
grands Princes, & fut prié de
faire leurs horoscopes. Quand il
les eut veu tous deux, il les rendit, & dit que ces deux hommes
ne meritoient pas qu'on fit leurs
horoscopes que tous deux n'a-
voient gueres d'esprit & qu'ils
causeroient de grands malheurs
dans le monde, que leur naissan-

ce étoit tres-malheureuse & qu'il n'y avoit rien à dire là dessus. L'un des deux n'a pas laissé d'être Roy.

Cæsar Cremoninus. Madamus

CREMONINUS a été le plus renommé Professeur qui ait été en Italie. Il étoit aussi bien logé & meublé à Padoue qu'un Cardinal à Rome. Son Palais étoit magnifique, il avoit à son service Maître d'Hôtel, valets de Chambre & autres Officiers, & de plus deux carosses & six beaux chevaux. Il avoit quatre cent écoliers & deux mille écus de gages quand il mourut. Il n'y a en toute l'Italie aucun bien ni revenu si assuré que celui-là, les gages de ces grands personnages sont tres-considerables en Italie.

Zabarella & *Picolomini* avoient aussi de bonnes pensions. Cujas qui a été un Jurisconsulte incomparable, n'a jamais eu en France plus de dix sept cent livres.

Multa scripsit Cremonicus, partim edita partim non edita: de calido innato, de semine: Apologia de origine & principatu membrorum & vide 4. aut 5. volumina MS. infol. ejusdem autoris apud Joannem Dallæum vulgò Daillé Ministre à Charenton, *qua prælum & Mæcenatem expectant anno* 1658.

On obtient aisément à Rome la permission de lire toute sorte de Livres deffendus. C'est le Maître du sacré Palais qui la donne. On deffend Calvin, Luther & tous les autres chefs de parti, Machiavel, l'Astrologie Judiciaire, l'Adone du Cavalier Marino, Carolus Molinæus, & quelques autres Jurisconsultes qui ont écrit contre la puissance du Pape. On permet tous les autres.

On dit en Italie que SCALI-
GER le pere épousa à Agen la
fille d'un Apoticaire, d'autres disent la bâtarde d'un Evêque. Son
fils Scaliger étoit visité comme
un Prince à Leyden. M. de Nevers allant en Hongrie & passant
par la Hollande le visita, & voulut lui faire un grand present,
mais Scaliger le refusa honnête-
ment. Il faut que *Sciopius* ait été
agité de quelque Demon quand
il a entrepris un si malheureux
Livre contre cet homme. Toutefois quoique M. Rigaut recon-
noisse que Scaliger ait été un
grand critique, il dit pourtant
que M. de Saumaise est fort au
dessus.

FERDINANDUS CAROLUS
étoit un Italien fort sçavant,
mais plein de vaine gloire &
grand hableur, bon homme au

reste. Il n'a pas fait grand chose, *sed multa edenda reliquit.* Il n'étoit ni Prêtre ni marié ; chose rare à gens de Lettres en Italie. Quand il abordoit quelqu'un il le prenoit par la ceinture & par la basque de son pourpoint, & ne le quittoit point qu'il n'en sçeut tout ce qu'il vouloit sçavoir.

JOANNES ANTO. MAGINUS étoit natif de Padoüe. Étant fort avancé en ses études il s'adonna aux Mathematiques, & s'y étant acquis grande reputation, il fut appellé à Bologne pour les enseigner. Il a publié un Commentaire *in Librum Hipp. de dieb. criticis & de legitimo Astrologiæ in Medicinâ usu.* C'étoit un homme fort gros. Il mourut d'apoplexie l'an 1617. âgé de 61. Il n'a laissé qu'un fils qui est Jacobin.

FA.

Fabio Columna

FABIUS COLUMNA étoit
un Medecin de Naples qui a é-
crit deux volumes des Plantes.

Portanus Finius de Ferrare.

DANIEL FINUS étoit un
Ferrarois qui a fait un gros Livre en Latin *inquarto* en petite
lettre contre les Juifs ; je crois
qu'il est intitulé *Flagellum*. Ce
Livre est fort bon.

Celio Calcagui..i clanonie de Ferrare

CÆLIUS CALCAGNINUS
étoit un bâtard, sçavant & bon
homme. Nôtre Cardinal Bagny
avoit marié sa niéce à un Marquis Calcagnin qui descendoit de
cét Auteur-là. Il a traduit un
des Livres d'Histoire de l'Evêque
du Bellay ; un autre Marquis de
Ferrare en a traduit plusieurs autres du même Auteur.

E

SANNAZAR étoit un Nea‑
politain de bonne Maison, il fut
en faveur prés de Frideric Roy
d'Arragon à la place de Jovianus
Pontanus; il a écrit fort élegam‑
ment tant en Italien qu'en La‑
tin: il travailla vingt ans à son
beau Poëme *de partu Virginis*, que
M. Colletet a traduit en Fran‑
çois : il vint en France avec Fer‑
dinand le jeune frere de Frideric.
Il a vêcu 72. ans toûjours frais &
gaillerd, enfin mourut; son tom‑
beau est au pied du Panſilipe, il
est de marbre blanc, d'un bel ou‑
vrage de *Santa Croce*; lui même
avoit fait son Epitaphe, mais on
la trouvée trop gaillarde, & ainsi
on n'a pas trouvé à propos de la
mettre en œuvre, la voici:

Actius hic situs est , cineres gaudete
     sepulti
  Jam vaga post obitu umbra dolore
     vacat.

Il a fait quelques Vers Satyriques contre quelques Papes, Sixte I V. Alexandre V I. Leon X. qui ne se trouvent qu'en l'edition de Lyon, on les a châtrez en celle de Doüay & en celle d'Italie ; J'ai vû en Italie un Livre qui contenoit sa vie separement avec son portrait ; il y a aussi des Medailles qui le representent.

⁂

L'an 1637. le Pape envoya le Cardinal GINETTI à Cologne pour y traiter de la Paix entre la France & l'Espagne ; il n'y avoit que trois Cardinaux qu'on y pût envoyer : car on étoit convenu de part & d'autrë que le Cardinal deputé devoit étre Italien, & qu'il n'auroit pas été Nonce ni Pensionnaire d'aucun Prince ; il n'y en avoit que trois qui eussent toutes ces qualitez, sçavoir Ginetti, Magoletti & Saint

Georges. Le premier fut envoyé
parceque le Pape étoit en colere
contre Magoletti, & l'avoit envoyé refider en fon Evêché de
Ferrare où il eft mort. Pour S.
Georges il ne pouvoit y aller,
car il n'étoit pas de la brigue du
Pape. Ginetti étoit ravi d'aller
là, & en deux ans qu'il y a été il
a gagné cent cinquante mil écus
en faifant comme Legat tout ce
que le Pape pouvoit faire pour
l'Allemagne ; le Pape lui donnoit
outre cela dix-huict mille écus
par an pour fon entretien.

※ ※

FRANCISCUS VALESIUS
étoit un Medecin Efpagnol qui
fupplanta *Ludovicus Mercatus* ;
comme le Roy d'Efpagne Philippe II. avoit la goute, *Mercatus*
ne fçavoit plus que lui faire, *Va-
lefius* confeilla au Roy pour appai-
fer fa douleur de mettre fes pieds

dans un baſſin d'eau tiede ; ce qu'ayant fait, il s'en ſentit beau.. coup ſoulagé, chaſſa *Mercatus* & retint *Valeſius*. Aucuns auſſi ſe ſervent d'urine tiede de la même maniere: *Valeſius* a beaucoup écrit, ſon Livre de *Methodo medendi* eſt un excellent ouvrage.

※※ ※※

GUILLAUME SIRLET étoit un Calabrois, Prêtre déja avancé en âge, qui vint à Rome avec un Breviaire ſous ſon bras. Il étoit ſçavant en Grec, en Latin & en Hebreu; il fit fortune en peu de tems : *ſuit eruditorum pauperum patronus*: il fut Bibliothequaire du Vatican âgé de 71. ans; il avoit été Precepteur de S. Charles Borromée, fut fait Cardinal & faillit à étre Pape aprés la mort de Pie V. en l'année 1572.

E iij

✠·✠

En tout mon voyage d'Italie je n'ai rien apris de nouveau d'Henry Agrippa. *V. Adamum in vitis illustrium virorum*, & mon Apologie pour les personnes soupçonnées de Magie. Il étoit né à Cologne l'an 1486. & mourut à Lyon l'an 1534. âgé de 48. ans.

✠·✠

La Loi de nature est la vraye regle d'un honnête homme pourvû qu'il pratique ce premier point, *quod tibi fieri non vis, alteri ne feceris.* Il y a quelques Livres qui conduisent un homme en cette vie : sçavoir, *Epistolæ Senecæ,* la Sagesse de Cardan, *Vita Pomponij Attici,* Essais de Montagne, les Dialogues Sceptiques de la Mothe le Vayer, *Epistolæ Plinij,* Horace, Juvenal, *Officia Ciceronis, Marcus Antonius Imperator & Philosophus.*

※※

Environ l'an 1637. on fit le procés à Rome à un certain Florentin nommé le Marquis Manzoli, pour avoir dit & écrit quelque chofe contre le Pape. Il étoit Athée & de mauvaife vie.

※※

FRANCISCUS PHILELPHUS étoit de Tolentin Ville de la Romagne, fon portrait s'y voit à l'Hôtel de Ville. Il étoit defireux de fçavoir la langue Grecque; il fut à Conftantinople où il époufa une Grecque, puis revint en Italie où il fut admiré pour fon fçavoir, il fut admiré d'Eugene IV. du Roy Alphonfe & de François Sfortia. Il a traduit du Grec en Latin Xenophon, Plutarque, Hyppocrate; il a vêcu 90. ans, mais il eft mort à Bologne fi pauvre qu'il falut vendre tous fes

E iij

meubles pour l'enterrer. Toutes
ses œuvres sont imprimées à Basle.
Il étoit ami des François, mais
grand ennemi de Cosme de Medicis & de Pie II. *Natus erat die*
24. Julij anno 1398. & vixit an. 81.
vel ut alij volunt 83. Voyez ce
que j'en ai dit dans mes Additions à l'Histoire de Loüis XI.
p. 183.

GALEOTUS MARTIUS
étoit un Italien fort sçavant en
toutes choses. *Mathias Corvinus*
l'appella en Hongrie , & de là
Loüis XI. Roy de France le fit
venir ici, où étant arrivé, pensant
mettre pied à terre pour saluer le
Roy qui lui promettoit une grande pension; il tomba & mourut
sur le champ étouffé de sa graisse.
Voyez ce que j'en ai écrit dans
mes Additions à l'Histoire de
Loüis XI. p. 126. 127. 128. *Plura*
scripsit , & entre autres les Livres

ſuivants: *De Doctrina promiſcua, de Homine, de Dictis Mathiæ Regis, de Cenſura operum Philoſophicorum.* Ce dernier n'a pas été imprimé; il eſt en manuſcrit dans la Bibliotheque du Roy, il y fait voir qu'il y a des Antipodes. *Vide Voſſium de Hiſtoricis Latinis* 2. *Editionis ann.* 1651. p. 659. *Ubi verba ſorviţ adducuntur, in quibus parum laudis, ſed multum aſperitatis erga Galeotum. Vide ibidem lepidum reſponſum Galeoti nobili cuidam vento qui cum vocabat porcum prepinguem: Malo eſſe porcus prepinguis quam hircus, quod ideò dicebat, quia uxor illius nobilis erat valdè impudica. Unde Itali talium uxorum maritos hircos, id eſt, cornutos vocat.*

CHRISTOPHORUS LANGOLIUS avoit écrit une Harangue Latine *de laudibus Divi Ludovici Francorum Regis,* laquelle a été ôtée de ſes œuvres & eſt bien rare aujour-

[annotation manuscrite marginale: Christofle de Longueil fils naturel. Philosophe Longueil Et quod [...] Leon mort Leon 1500]

d'hui. Il avoit dit en cette harangue quelque chose de Rome, à
cause dequoi il fut haï. Il mourut âgé de trente quatre ans,
l'an 1522. habillé en Capucin, comme avoient fait avant lui *Picus
Mirandulanus* & *Rodolphus Agricola*;
Partir de ce monde la tête étant
ainsi froquée & encapuchonée,
c'est mourir *in Domino.*

Vide Christoph. Longolij Paris. O-
rat. de laudibus D. Ludovici Fran-
corum Regis habit. Pictavij in Cœ-
nobio Frat. Min. anno 1510. Pariʃ.
apud Henr. Stephanum & Duchesne
dans sa Bibliotheque des Histo-
riens de France, p. 45.

✠✠✠

TRAJANUS BOCCALINUS
étoit un Italien fort sçavant, qui
a bien écrit en la Politique : *erat*
vir amœni ingenij. Son principal
emploi étoit de gouverner de petites Villes, dont le gouverne-
ment ne dure qu'un an ; mais il

gouvernoit fort mal & tout le monde s'en plaignoit. J'ai vû deux Commentaires de lui manuscrits sur Corneille Tacite.

La Pierre Philosophale n'est qu'une pure folie, & un piege pour attraper les sots, & jamais un homme d'esprit n'y sera trompé, aprés qu'il aura lû le Dialogue d'Erasme sur cette matiere.

M. de la Noüe en a fait un beau Chapitre dans ses Discours Militaires au Discours 23. où il dit que le Pape a trouvé ce secret en changeant le plomb qu'il nous envoye de Rome, & lorsqu'il nous tire de France presque un million par le plomb & les Bulles tous les ans. Il en tire encore plus d'Espagne, l'un & l'autre sans remede puisque les Princes le veulent bien: *adeò verum est illud Thuani quod legitur in vita sua lib. 1. p. 12. quodque acceperat à quodam Car-*

dinale qui dicere consueverat, Aulæ
nostra majestas stat tantum famâ &
patientiâ hominum.

❦❦❦

APPOLLONIUS T H Y A N Æ U S
n'a jamais été Magicien, comme
on dit ; ce qu'on a écrit de lui
est supposé par les Payens, pour
être opposé aux Saints Evangi-
les & aux Actes des Apôtres, qui
contiennent les miracles de JESUS-
C H R I S T sur lesquels les premiers Chrêtiens se glorifioient,
& par même moyen combat-
toient de nullité toute la Religion Payenne.

❦❦❦

M A P H E U S   V E G I U S   L A U-
D A N E N S I S qui a heureusement
ajoûté un XIII. Livre à l'Enei-
de, étoit un sçavant homme & le
meilleur Poëte de son temps. Il
fut en grand credit sous les Papes Martin III. Eugene IV. &

Nicolas V. Il a écrit *de institutione puerorum*, un Livre fort gentil. Il a été Notaire Apostolique.

❊❊❊

Il y a dans le Boulonois en Italie deux Villes, dont l'une s'appelle *Imola* & l'autre *Brisiguelle* : ces deux petites Villes pour être voisines ont souvent de grands debats l'une contre l'autre : ceux de la derniere ayant l'esprit fort échauffé entendant chanter à la Messe ces mots : *qui immolatus est pro nobis*, & croyant qu'il fut parlé de ceux d'*Imola* qui pour lors étoient leurs ennemis, ordonnerent qu'on ne chanteroit plus cela à la Messe, mais qu'on y diroit *qui Brisiguellatus est pro nobis*. Voila jusqu'où vont la passion & l'ignorance.

❊❊❊ ALPHONSUS CYCARELLUS

étoit un Medecin de Rome, qui
fut pendu fous Gregoire XIII.
pour avoir contre-fait beaucoup
de Contracts,

N·N

Jean Antoine *Campany* *...* *...* *la Cavelle* *...* *...* *Laborem...* *de Caphue* ANTONIUS CAMPANUS
étoit bâtard ainfi que Cardan,
Erafme,& autres fçavans hommes.
Il nâquit dans un jardin fous des
lauriers, il fut dit-on caché fous
des choux pendant quelque tems;
il étoit fils d'un Prêtre & avoit
beaucoup d'efprit : On trouve
toutes fes œuvres infolio d'impreffion d'Italie, ou il y a à la premiere page une cloche. Il a été
il fut Evêque *cet grand* *...* *...* Archevêque en Italie. Il fut fort
aimé de deux Papes Pie II. &
Paul II. Il mourut du haut mal.
Fairnus a fait fa vie.

N·N

Babile *Cremonoi,* ——PLATINE étoit un des fçavans hommes de fon tems: fa vie
eft au commencement de fon

Hiſtoire des Papes. Il a fait l'Hiſtoire de Mantoüe, mais elle n'a
jamais été imprimée.

※※

ERYCIUS PUTEANUS a fait
un petit Livre infol. de *Gente pu-*
teanâ.

※※

La vie d'APPOLLONIUS TYA-
NÆUS au dire d'Eraſme, Vives,
Scaliger, le P. Petau & autres
ſçavans hommes, n'eſt qu'un pur
Roman; elle a été écrite par Philoſtrate par le conſeil de certains
Payens, pour oppoſer quelque
choſe aux miracles & à la vie de
JESUS-CHRIST. J'avoüe bien que
cet *Appollonius* a vécu, mais je nie
qu'il ait fait toutes les choſes pro-
digieuſes dont il eſt parlé dans
ſa vie & ailleurs.

Neanmoins quelques modernes
n'oſeroient nier que tout ce qu'en
a écrit Philoſtrate ne ſoit vrai;

mais ils difent que tout cela n'a été fait que par Art Magique, qui est *probare incertum per incertius*. Ils ne veulent pas dire autrement à caufe de l'autorité des Peres, dans les écrits defquels il y a bien d'autres bevües:ces modernes font *Grotius in Evang.* p. 1051. Du Moulin *in vate* p. 198. & *Samuel Marefius de Antichrifto*, p. 137. Je n'ai point vû de manufcrits plus vieux qu'en la Bibliotheque Vaticane à Rome.

* * *

GERARDUS VOSSIUS étoit un Liegeois Catholique, qui demeuroit à Rome, il a travaillé fur S. Bernard. *Variis lectionibus & fcholiis illuftravit D. Bernardi tractatum de confideratione ad Eugenium, & prodiit liber Colonia anno* 1605. indouze, *ut habetur in Bib. Belg.* 286.

Le

❧❧❧

Le Cardinal BENTIVOGLIO
est un fort bon homme &sçavant,
il commence à être vieux, mais
quand il vivroit encore fort long
tems, je ne crois pas qu'il fut
jamais Pape : on dit qu'il écrit sa
vie lui-même & qu'elle est fort
avancée : ce sera un fort bon Li‑
vre.

❧❧❧

Je n'ai jamais vû en Italie ni
ailleurs aucun Hermaphrodite
parfait, & ne crois pas qu'il y en
ait jamais eu, même cela semble
repugner à l'ordre de la nature :
jamais personne n'a dit en avoir
vû d'entierement parfaits, & qui
eussent les qualités des deux se‑
xes : sçavoir, qui peussent, *tan‑
quam mas generare in alio & tan‑
quam fœmina generare in seipso.* Il
y a quelques Jurisconsultes qui
en parlent, mais ils n'assurent
pas en avoir vûs : voyez les rai‑

F

fons pertinentes de M. Riolan en
fon Livre François des Hermaphrodites pag. 67. le Traité des
Hermaphrodites que Jacques du
Val a inferé dans fon Livre de
l'Accouchement des Femmes imprimé à Roüen en 1612. inoctavo,
le Livre de Gafpard Bauhin fur
cette matiere imprimé à Oppen-
hein pour la derniere fois l'an
1614. inoctavo, *Spondanum ad an.*
1478. num. 22. ubi multa fingularia
hac de 2c.

※※

JOANNES CAPNIO REU-
CHLINUS DICTUS étoit né
prés de Spire l'an 1450. il fut Pro-
feffeur à Bafle où il apprit l'Hebreu, il l'apprit encore d'un Medecin de l'Empereur Frederic ; il
apprit le Droit à Orleans, où il
gagna beaucoup à l'enfeigner,
& enfuite il paffa Docteur en
Droit à Poitiers. Il s'en alla à
Rome où il acheva de fe perfec-

tionner en la langue Hebraïque
fous un Juif nommé Abdias, ou
non feulement il connut Argyropile mais même étudia fous lui.
Ce grand homme ayant prié Reuclin d'interpreter un paffage de
Thucidide, il le fit d'une façon fi
élegante & d'une prononciation
fi nette qu'Argyropile dit en foû-
pirant *Græcia noftra exilio tranfvo-*
lavit Alpes.

Les Moines obtinrent de l'Empereur Maximilien I. que les Juifs
fuffent obligez d'apporter tous
leurs Livres aux Inquifiteurs,
afin qu'ils fuffent brûlez. Reu-
chlin qui s'y connoiffoit remon-
tra à l'Empereur qu'il fuffifoit de
brûler ceux qui étoient faits di-
rectement contre JESUS-CHRIST :
mais qu'il falloit conferver les
autres, & principalement ceux
de Grammaire & ceux de Medecine, ce qui fut obfervé : mais
Reuclin eut la haine des Moines

pour avoir condamné leurs fu-
perftitions, *quæ funt nervi regni
Monaftici.* Ils l'accuferent d'herefie, mais il fut abfous par l'Evêque de Spire ; ils en appellerent
à Rome, où il fut abfous par le
Cardinal Grimani. *Petrus Galati-*
nus & autres, & même Erafme é-
crivirent en fa faveur à Leon X.
& à quelques Cardinaux : enfin
la revolte de Luther arriva, &
les Moines ne firent plus rien con-
treReuchlin ayant affez de befo-
gne d'ailleurs, & peu aprés Reu-
chlin mourut l'an 1522. âgé de
67. ans. Il a beaucoup écrit, entr'autres *de Arte Cabaliftica, &c.* &
deux Livres contre les Moines,
qui font *Speculum oculare,* & l'autre
Epiftola obfcurorum virorum.

Le Cardinal de R I C H E L I E U
en l'an 1632. & 1633. étoit haï à
Rome ; fon nom y étoit en hor-

reur: on lui attribuoit tout ce qui fe faifoit de mal dans l'Europe ; le Pape même difoit de lui : ce Capelan me donne plus de peine que tout le refte de la Chrêtienté : fi le Pape eut pû le ruiner pour lors, il l'eut fait de bon cœur. Il y avoit pourtant de fort bons amis , & entre autres nôtre Cardinal Bagny, avec lequel il avoit une étroite intelligence.

※※※

Les Scorpions en Italie ne font point venimeux : je me fouviens que fous un degré qu'on abbatit pour le rétablir , on trouva dans une foffe plus de trois grands tombereaux de Scorpions : on les jetta dans une riviere voifine. Les poiffons les mangent & s'en engraiffent ; les Courtifannes en Italie en ont dans leurs lits l'été pour fe rafraîchir.

※※

Les anciens comme Cicéron,
&c. écrivoient fur des Tablettes
cirées qu'on appelloit *Pugillares*,
ou fur des écorces d'arbre; j'ai
vû des exemples & des uns & des
autres en Italie. Le papier n'y
étoit point en ufage, parcequ'il
fe fait de linge & que le linge
n'y étoit point connu. On connoiffoit bien le chanvre qui eft
une herbe; mais on ne s'en fer-
voit pas à cet ufage. Rabelais fur
la fin de fon troifiéme Livre a
parlé du chanvre fous le nom de
Pentaguellion comme d'une herbe
nouvelle, & qui n'étoit en ufage
que depuis un fiécle: & de fait
du tems de Charles VII. le linge
fait de chanvre étoit fort rare, &
on dit qu'il n'y avoit que la Rei-
qui en eut deux chemifes.

※※

Le Carême comme il eft au-

jourd'hui obſervé dans l'Egliſe
Romaine n'a pas toûjours été en
uſage ; outre les Huguenots qui
l'ont combattu depuis cent ans,
& qui l'ont contredit *ex profeſſo*,
V. ce qu'en a écrit M. Rigault
*in Tertullianum de jejunio, Alphonſus
Ciaconius de jejuniis antiquorum, &
Ludovicus Guiciardinus , Jacobi filius & Franciſci de Belgio nepos.*

※※※

JEAN BOCACE étoit Toſ-
can, natif de Certaldo, lieu fort
ſterile, où il ne croiſt guere que
des oignons : il nâquit neuf ans
aprés Petraque l'an 1313. Il étoit
auſſi bon Orateur, que Petrarque
a été bon Poëte, & de tout ce
qu'il a écrit, il n'y a rien de ſi
bon que le Decameron qu'il com-
poſ. en 1348. tandis qu'il étoit à
Florence. Il a auſſi écrit de la
Genealogie des Dieux, & des
Femmes illuſtres : *ſcripſit & carmen*

Bucolicum. Il a aussi fait un Livre intitulé *Labyrinthus amoris.* Il mourut âgé de 62. ans.

Pour la Religion je crois qu'il n'en avoit pas & qu'il étoit parfait athée, ce qui pourroit se prouver par quelques Chapitres de son Decameron : principalement par celui dans lequel il est parlé d'un Diamant qu'un pere de famille laissa à ses trois filles. Voyez ce même conte dans les Livres de Barnés contre les équivoques. p. 129.

※※※

CYRIACUS STROZZA étoit un Patrice Florentin qui nâquit l'an 1504. il a été un des premiers sçavans d'Italie : & sur tout en Grec. Il a fait un Suplément aux œconomiques d'Aristote. Il ne fut jamais marié, mais il eut deux bâtards ; il enseigna la Philosophie & le Grec à Bologne & à Pise l'an 1565.

Le

✻✻✻

Le Pape GREGOIRE fit une grande fortune, de petit compagnon qu'il étoit, de simple petit Chanoine, il devint Archevêque de Bologne , Cardinal & Pape. Il ne sçavoit presque rien, & n'étoit propre à rien. Son neveu le Cardinal avoit plus d'esprit que lui; quand il lui proposoit quelque chose de difficile, il le renvoyoit en lui disant ces mots: faites vous même : c'est pourquoi il est encore aujourd'hui appellé le Cardinal *fatte voi.*

✻✻✻

Le Cardinal Oregio avoit demandé l'aumône à Rome, on ne s'étonne point en ce païs-là de voir faire fortune à un Prêtre. Sixte V. avoit gardé les porceaux, il est pourtant le plus estimé de tous les Papes: il étoit magnani-

G

me, liberal, severe : il avoit toûtes les qualités d'un grand homme.

※ ※

Le grand Turc ne tient en aucune Cour de Prince étranger, aucun Ambaſſadeur étant au deſſus d'eux, n'ayant beſoin d'aucune intelligence avec eux ; voulant que toutes ſes affaires ne ſe faſſent que par une force ouverte & par les armes, & non par traités & par correſpondance.

※ ※

LIGULA étoit un Genois renommé Pirate, qui ſe fit Turc ; il étoit né de pere & mere, qui de Turcs s'étoient faits Chrêtiens : il vivoit l'an 1600.

※ ※

Divinatio morientium. Il y a beaucoup de gens qui croyent que les malades qui ſont ſur le point de

mourir, devinent souvent : plusieurs Auteurs en ont écrit ; mais
au cas qu'ils devinent comme on
on dit ; je dis que cela se peut faire
par force naturelle, & qu'il n'y a
en cela rien de miraculeux; parceque l'esprit de l'homme com-
mençant à se détacher & à se de-
gager de la matiere, est en quelque façon plus spirituel & plus
subtil ; neanmoins cette question
est bien Metaphysique. *De quâ vide Iulium Cæs. Scalig. adversus Cardanum* 307. *num.* 34.

*Gregorius Pont. in suis Dialog. de hac
divinatione agit , & Cicero de divinatione lib.* 1. *hac de re multas affert
rationes : Gregorius vero duas , nimi-
rum id vel accidere per revelationem,
sive quod animæ ex materia emergere
inchoantes prælibare quædam possint
de jis quæ vinculis carnis solutis intel-
ligunt, &c. ex Epit. Baronij per Spondanum ad an.* 590. *num.* 5.

G ij

NICOLAS FLAMEL étoit
un écrivain qui travailloit & ne-
gotioit à Paris & ailleurs pour les
Juifs l'an 1393. Il étoit de Pontoi-
se ; parcequ'il devint fort riche
tout d'un coup, on le soupçonna
d'avoir trouvé la Pierre Philosophale. Les Chymistes d'aujourd'hui
le croyent si fort, qu'ils veulent
faire passer ce Flamel pour un de
leurs Patriarches. Il faut avoüer
qu'ils sont bien fols / tout cela
n'est qu'un abus : Voici la verité
entiere. Nicolas Flamel écrivoit
pour les Juifs & sçavoit leurs affaires : comme ils furent chassez
de France & leurs biens acquis
au Roy, Flamel traita avec ceux
qui devoient de l'argent aux
Juifs, dont il avoit le Registre,
& composa avec eux à moitié de
profit à la charge qu'il ne les ac-
culeroit pas ; & voilà comme il

devint si riche en peu de tems. Il
fit bâtir des Eglises comme Sainte
Geneviéve des Ardens & les Char-
niers des SS. Innocens, la Tour
de S. Jacques de la Boucherie,
dans laquelle Eglise il est enterré.
Voi la Bibliotheque de la Croix
du Maine p. 343. Ce Flamel étoit
veritablement écrivain. J'ay veu
à Rome dans la Bibliotheque du
Cardinal Bagny un Roman de la
Roze écrit de sa main, duquel
Roman les Auteurs sont Jean
De Mehun & Clopinel.

PANSYLIPPUS est le nom
d'une Montagne au Royaume de
Naples, qui est percée par le mi-
lieu par où l'on passe : on dit
qu'elle a été percée par la magie
de Virgile : J'en ai parlé dans
mon Apologie en passant p. 615.
V. Thuan. in vita sua part. 5. p. 63.
Hunc Montem Παυσιλυπον *quasi*

G ij

ademptorem laboris & molestiarum
vocaverunt, quo cognomine & Iovem
ipsum celebrarunt Graci veteres, ut
apud Sophoclem legimus.

Hujus Montis situm & locum ad un-
guem descripsit Paulus Hentzerus in
Itinere suo Italico facto anno 1599. p.
476.

❉ ❉

PAGANINUS GAUDEN-
TIUS est un Professeur en Humanités à Pise. Il est grison, il avoit
été Ministre en son païs. Il vint
à Rome où il se convertit & y re-
ceut pension du Pape, puis revint
à Pise. Il a écrit un Livre intitulé
Sabbra Tertullianea, qui est un ex-
plication des Passages les plus difficiles de Tertulien: un autre *de*
moribus Christianorum ante tempora
Constantini, & plusieurs autres.
Scripsit praeterea de candore politico in
Tacitum inquarto. *Pisis* 1646. *De*
Evulgatis Romani Imperij. Arcanis
inquarto. *Florentia* 1640. *De prodi-*

gloriam significationem inquarto. Florentia 1638. De Dogmatum Origine cum Philosophia Platonis comparatione. De Philosophia apud Romanos origine & progressu. Pisæ Inquarto 1643. Il est fort mon ami quoique je ne l'aye jamais vû : nous avons fait, formé & fomenté nôtre amitié *per literas andant nostri interpres.* Je lui ai dedié mon Livre sur la mort du Cardinal Bagny. Il est fort versé en la lecture des anciens Peres, & dit que c'est ce qui lui a fait abjurer l'heresie de Calvin. Il n'aime pas les Jesuites : il a fait quelque chose contre eux en Italien qui est bien fait.

L'ABBATE CONSTANTINO CAIETANO est un Sicilien Moine Benedictin : c'est un homme qui sçait beaucoup, mais avec trop peu de jugement, & qui en recompense a un grand esprit & beaucoup de feu. Il fut jadis appellé à Rome pour aider à Baronius qui travailloit alors sur son Histoire Ecclesiastique, & eut pour cela pension du Pape. *Multa scripsit ad Historiam Ecclesiasticam pertinentia*, & entre autres des Vies de quelques Saints. Il a fait un Livre Latin inoctavo, imprimé à Venise en 1641. ou il pretend prouver que S. Ignace a été Benedictin premierement.

※ ※

Le Livre *de Imitatione Christi* a pour Auteur Thomas à Kempis, Chanoine Regulier de Flandres, & cela est tres-certain. Les Benedictins voudroient bien que le monde crut que l'Auteur fut un certain des leurs qu'ils nomment *Ioannes Gersen* qui a été un Abbé Benedictin ; delà vient qu'on dit en France, que c'est Jean Gerson Docteur de Sorbone & Chancel-

lier de l'Université de Paris, qui
vivoit il y a plus de deux cens
ans, *per regulam de duobus litigan-
tibus gaudet tertius*, On le trouve
de vieille edition sous ce nom de
Gerson : je l'ai vû aussi sous le
nom de S. Bernard.

M. Labbé Avocat a travaillé
sur cette matiere, & veut prouver que le vrai Auteur de ce Livre, pour l'honneur de la France,
est ce Jean Gerson, mais il n'en
viendra jamais à bout.

Le Cardinal de Richelieu faisant r'imprimer ce Livre au Louvre avoit dessein d'y faire mettre
le nom de Thomas à Kempis, les
Benedictins de France intervin-
rent & le prierent d'y faire mettre le nom de Jean Gerson, se ven-
tant d'avoir pour le prouver quatre manuscrits de ce Livre à Rome, qui tous quatre portoient ce
nom. Il leur accorda ce qu'ils de-
mandoient, à la charge que cela

seroit bien prouvé & averé par gens de bien & connoisseurs. Le Cardinal de Richelieu en écrivit à nôtre Cardinal Bagny qui étant homme d'esprit se fit apporter les quatre manuscrits dont les RR. Peres Benedictins étoient ravis pensant le tromper, mais ils ne purent: car il nous les fit tous examiner devant lui, & fort particulierement, y trouva tout falsifié & raturé, ce qui étant mandé par nôtre Cardinal Bagny, on n'a mis, à cause de l'incertitude dans laquelle nous sommes demeurez, le nom d'aucun Auteur à l'edition du Louvre. Nous verrons ce qu'en dira quelque jour M. Labbé dans le Livre qu'il a fait en faveur de Jean Gerson.

SETON étoit un Ecossois medisant & malin, il avoit été Auditeur & Bibliothequaire du Cardinal de Sainte Suzanne *Scipio*

cobellutius ; c'étoit un homme colere qui rompoit avec tout le
monde à Rome , & qui ne pût
durer avec son Maître. Il étoit
fripon , mais il étoit sçavant &
il sçavoit tres-bien le Grec & la
Jurisprudence, & en recompense
il étoit un tres-grand menteur.
M. Deffiat Mareschal de France
& Sur-intendant des Finances le
vouloit prendre pour être Precepteur de ses Enfans, mais ils ne
purent s'accorder, parceque Seton ne vouloit pas porter la lon-
gue robbe. Seton étoit un impu-
dent menteur. Il dit à M. Moreau
qu'il avoit à Rome un Galien
Grec tout annoté de la main de
Mercurial qu'il lui vendit vingt
cinq écus d'or , que je lui donnai
moi-même. Il me donna une lettre pour recevoir ce livre à Rome:
quand je la montrai à son neveu,
il me fit voir que Seton s'étoit
moqué de moi & de M. Moreau.

Je n'eus point le Galien qui ne
fût peut être jamais *in rerum na-
turâ*. & ainsi M. Moreau a perdu
ses vingt-cinq écus d'or. Seton
épousa une Angloise, & s'en alla
avec elle à Londres, où bientôt
aprés il mourut.

✷✷✷

FRIDERIC BORROME'E
étoit neveu & successeur de saint
Charles, & étoit bien plus habile
que lui. C'étoit un tres-grand &
tres-vertueux Ecclesiastique. Il
avoit beaucoup écrit, il y en a
sept Volumes *infolio* qui sont dans
la Bibliotheque de M. Descordes.
Il y en a un intitulé *Meditamenta
propria*, qui est *de libris propriis*.
C'est lui qui a fondé à Milan la
Bibliotheque Ambrosienne. Il fut
fait Cardinal par Sixte V. l'an
1586. ou 1587. à l'âge de 23. ou 24.
ans, & mourut en 1631. âgè de
soixante sept ans.

※※※

A L O I S I U S   L I L I U S   duquel *Louis Lilio*
se servit Gregoire X I I I. à la
reformation du Calendrier, étoit
un Medecin de Rome qui en a
fait un petit livret qui a pour titre *de Epactis.*

※※※

Je me souviens que je disois à
Rome à certains devots, que la
Religion s'emparant d'un esprit,
fait dire bien ou mal d'un homme selon l'opinion qu'on en a
prise : delà vient que tous les anciens Peres ont dit du mal bien
rudement de Julien l'Apostat : c'est
je l'avouë franchement, d'avoir
apostasié & d'avoir persecuté les
Chrêtiens ; mais il peut être loué
d'avoir eu plusieurs tres-bonnes
qualités. Il étoit fort legal, homme de bien moralement & grand
politique. Voi ce que Montaigne
dit à sa loüange dans ses *Essais*,

& M. la Mothe-le-Vayer en son Traité *de la Vertu des Payens.* Ainsi dans Venise on fait passer pour Martyr Antoine Bragadin, qui fut écorché tout vif par le commandement de Mustapha après la prise de Famagouste. Voi ce qu'en dit M. de Thou tom. 2. p. 730. Mais je sçai la verité de tout cela, les Turcs sont hommes comme les autres : ils firent mourir ce Bragadin & les autres Capitaines Chrétiens, parcequ'ils ne purent representer les prisonniers Turcs qu'ils avoient fait égorger quand ils virent qu'ils seroient obligez de se rendre à ce Mustapha. Ainsi tous les devots disent toute sorte de bien de Marie Stuard Reine d'Ecosse ; dont la conduite neanmoins n'étoit pas selon les regles.

J'ai vû à Rome les Lettres qu'elle écrivoit au Comte de Bothuel *subactori suo.* Pour moi je veux croire d'elle comme tres-vrai, ce qu'ont écrit M. de Thou & Buchanam.

※※※※

Le Grand Duc de Toscane d'aujourd'hui , s'appelle Ferdinand. Il est le plus sage de tous les Princes de la Chrêtienté : il est fort valetudinaire , il a ordinairement six ou sept calotes qu'il ôte , ou change suivant les saisons. Il est marié à l'heritiere d'Urbin, & delà vient une des raisons pourquoi il est en guerre aujourd'hui avec le Pape.

※※※※

La vaisselle de *Fayence* est fort commune en Italie ; ce mot est corrompu & vient de *Faenza* Ville de la Romagne. On appelle cette vaisselle en Italie la *Maiolica*, & principalement à Rome. Un service de *Maiolica* est un service de vaisselle de fayence, ils en font parade parcequ'elle est fort

nette, & en ont des vaisseaux
jusques dans leurs Cabinets, qui
ont été peints par le Titien, &
autres Peintres fameux.

***

Le Cardinal PAMPHILIO
qui étoit Dataire du Legat étoit
appellé Monseigneur : c'est celui-
là *de Comitatu Legati*, que du Mou-
stier injuria dans Paris par colere.
Il a aujourd'hui soixante ans ou
environ. Il est bon homme & sujet papable. En effet il vient d'ê-
tre élû vers la fin de l'an 1644.
sous le nom d'Innocent X. Il est
mort le 7. Janvier 1655. du Mou-
stier qu'on apelloit à Paris *Crayon,*
dit un jour une injure au Cardinal Pamphilio, parcequ'il em-
portoit de sa Bibliotheque un livre intitulé l'*Histoire du Concile de
Trente de Frapaolo*, lui disant qu'il
la vouloit brûler.

MEL-

MELCHIOR INCHOFFER
Jesuite, a fait un Livre intitulé
Veritas vindicata, touchant une
Lettre que ceux de Messine en Sicile disent avoir receuë, & leur
avoir été écrite par la Vierge
Marie. Et comme je lui alleguois
plusieurs raisons, par lesquelles
je lui prouvois que cette Lettre
avoit été suppoſée par ceux de
la Ville de Messine, il me dit:
qu'il sçavoit bien toutes ces rai-
sons-là aussi bien que moi, & que
tout ce qu'il en avoit dit en son
Livre, n'avoit été que pour plaire
& obeïr à ses Superieurs qui le
lui avoient commandé, & qu'au
reste il ne croyoit rien du tout de
ce qui étoit dans cette Lettre. Et
cependant voilà comme se repen-
dent dans le monde les erreurs &
les abus ; & voila comme les efprits simples sont trompez tous
les jours.

H.

※ ※

L'Italie eſt un païs de fourberie & de ſuperſtition, les uns n'y
croyent pas aſſez, les autres y
croyent trop, & à toute heure
ſans raiſon & ſans verité on y ſup-
poſe des miracles. Je me ſouviens
qu'un certain pauvre homme
penſa y être noyé, qui fut retiré
de l'eau preſque mort : enfin il en
revint, & le tout fut proclamé
pour miracle à cauſe que cet homme avoit en ſon Chapelet une
Medaille de S. Philippe *de Nerio*.
Pour moi qui ne reconnoiſſois
point en cela de miracle, je leur
diſois: Ce n'eſt point un miracle
toutes les fois qu'un homme n'eſt
pas noyé, & à quoi peut-être n'a
pas penſé S. Philippe ni cet homme non plus : il n'y a que trois
mois que l'Egliſe de ce nouveau
Saint tomba à Trepani en Sicile,
plus de douze cens perſonnes qui

y prioient Dieu, & qui l'invoquoient y furent accablées : c'ê-
toit-là que ce Saint devoit montrer fa vertu miraculeufe & fau-
ver tous ces bons Chrêtiens qui
prioient Dieu & invoquoient fa
faveur en ce Temple , & en cas-là
ç'eut é-é un beau miracle, & qui
eut pû être bien averé par beaucoup de témoins. *Plures enim ha-
buiffet laudatores.*

Les Papes qui ont eu des Enfans femblent avoir efté de meilleurs Papes que les autres. Paul
I I I. a efté un grand Perfonnage
& tres-prudent politique. *Æneas
Sylvius* autrement Pie II. en avoit
un qu'il a fort recommandé en
une de fes Lettre:. Gregoire XIII.
qui a efté un des bons Papes qui
fut jamais, en avoit un auffi qu'il
aima fort. Le Cardinal Borghefe
qui faifoit tout fous Paul V. n'ê-

toit pas des plus Saints, cependant il gouvernoit fort bien Rome, & y eſtoit plus aimé que n'eſt aujourd'hui le Cardinal Barberin qui veut paroître être éloigné de tout vice & ſeulement homme d'étude & de devotion.

J'ai vû à Rome l'Oraiſon Funebre du Cardinal Seraphin, faite par l'Abbé Dubois qui depuis eſt mort en priſon. Cet Abbé avoit eſté Celeſtin, il eſtoit Pariſien, & avoit eſté grand Alchimiſte : j'ai vû de ſes écrits à Rome.

Le Pape a fait une nouvelle Promotion de quinze Cardinaux le 13. de Juillet 1643. Voila pour fortifier le parti des Barberins quand il voudra faire un nouveau Pape : il y a encore ſix autres places vacantes dans le Con-

olave, mais cela est reservé pour
les Couronnes : & en ce cas M.
de Beauvais en pourra avoir une.
Il y a dans le nombre quelques
Officiers desquels la Charge va-
que par leur Promotion au Car-
dinalat : le Pape revendra ces
Places vaquantes , & en tirera
quatre cens mille écus, qui feront
employez à faire la guerre au
Duc de Parme. Ces quinze Cardinaux sont *Panciroli* Nonce en
Espagne, il est vieux & Fils d'un
Tailleur de Rome. *Fauste Poli*
Major-Dome du Pape. *Ceva* Piemontois & Secretaire du Pape:
Falconieri qui avoit esté nommé
pour être Nonce en Flandres,
où il fût refusé à son arrivée :
parce qu'en passant à Paris pour
s'y en aller, il séjourna trop
long-tems à la Cour. *Grimaldi*
Nonce en France & Genois, de
fort bonne Maison , parent du
Prince de Monaco. *Mattei* Ro-

main. Il a esté Nonce en Alle_
magne & Legat dans le Duché
d'Urbin, où il a fait merveille
durant la Peste & en a fait pendre dru comme mouches. *Fachinetti* petit Neveu du Pape Innocent I X. *Rosetti* de Ferrare, jeune
homme qui a environ trente deux
aus, il est creature du Cardinal
Barberin qui l'a pris en affection
pour lui avoir dedié ses Theses.
Altieri Romain. Il a un frere Chevalier de Malthe, & à esté autrefois Nonce à Florence; & ainsi des
autres. M. de Bautru range ces
Cardinaux d'une autre façon. Il
met *Fachinetti* le premier, & dit
aprés, qu'au lieu que tout le monde en compte quinze, il n'y en
avoit que quatorze; & que le mot
de *Fachinetti* doit être côpté pour
le titre, disant que ces gens-là
sont des faquins, *quos genuit quo-
ties voluit fortuna jocari.*

✦✦✦

Le Cardinal MAZARIN est né l'an 1602. le 14. de Juillet à ce que portent les Memoires d'Italie. On dit qu'il est fils d'un Bonnetier de Rome qui a fermé sa boutique, & qui joüit aujourd'hui d'une petite charge de Scribe de cinq cens livres de rente Il est homme de grand esprit & de grand jugement, mais extremement avare, Italien, Courtisan & Cardinal.

✦✦✦

POMPONACE a voulu rendre une raison naturelle du miracle du Lazare ressuscité en son Livre *de Incantationibus.* Un Medecin de Montpellier nommé *la Porta*, environ l'an 1608. fit un discours en public, pour tâcher de prouver qu'en cette resurrection il n'y avoit pas de miracle s'étant faite dans le quatriéme jour, & qu'elle

ne pouvoit être miraculeuse qu'a-
près les quatre jours entierement
passez, & attribuoit cela aux
nombres & à une refraction du
septenaire : mais tout cela sont
des contes *verbaque inania*, ce sont
de pures impietés punissables par
le feu, *flamma & ferro*. Pomponace étoit un athée ou du moins
un libertin tres-dangereux, parcequ'il avoit de l'esprit. Ce *La-
porta* étoit un Juif & de race & de
Religion qui étoit descendu de
Medecins Juifs venus d'Espagne en Avignon & à Montpellier;
il contrefaisoit le Chrêtien, mais
il étoit vraiment Juif.

J'ai vû aussi en Italie un méchant Livret en Latin fait par
un Medecin, intitulé *de Resurre-
ctione mortuorum naturali* ; où il
tâche de rendre raison naturelle
de ces miracles : mais ce sont contes *meræ nugæ. Ea quæ sunt fidei cre-
denda sunt firmiter, nullaque indigent
probatione.*   C'est

C'est chose certaine que le Cardinal *Pamphilio* a dit dans Rome
l'an 1634, que de tous les Cardinaux qui vivoient alors, il n'y
avoit que M. le Cardinal de Bagny qui pût lui ôter le Pontificat
& l'empêcher de devenir Pape.
M. de Bagny est mort l'an 1640.
Urbain VIII. est mort l'an 1644.
& *Pamphilio* est devenu Pape comme il l'avoit predit, & a pris le
nom d'Innocent X. Le Pape Urbain VIII. dit au Cardinal de
Bagny l'an 1635. Ceux qui s'atten-
dent d'être Papes après moi &
qui sont déja vieux se pourront
bien tromper & mourir avant
moi ; car je suis assuré d'aller jusqu'en 1642. il est mort en 1644.
le 29. de Juillet, & je trouve cette
prediction fort remarquable.

FERRANTE PALAVICINO est

I

l'Auteur de *Divortio Celeste*. Il étoit Chanoine Regulier, comme font ceux de Saint Victor. Il fut arrété prés d'Orange où il se sauvoit, fut conduit à Avignon où il eut la teste coupée après treize mois de prison, sans que personne l'ait reclamé. Le fils d'un Libraire de Paris qui avoit decelé & trahi ce pauvre Autheur fut poignardé de sang froid à Paris dans la Place Maubert, par un des parens de cet Auteur le. . . de Iuin 1646. Cet Italien fut trois ans à chercher l'occasion de faire ce meurte pour vanger la mort de son parent.

Les Italiens sont assez bonnes gens, horsmis qu'ils sont vindicatifs & traitres. La vengeance & la trahison sont les pechez des Italiens & des Orientaux, ils empoisonnent jusqu'aux souris d'une maison : mais cela est en quelque façon naturel de se deffendre & de se vanger de peur que pis n'ar-

rive : au moins c'eſt une opinion
receuë dans la politique de ce
pays-là, combien qu'elle ſoit contraire aux Loix du Chriſtianiſme.
Comme ils ont beaucoup d'eſprit,
ils ne vous offenſeront jamais :
mais auſſi ne vous pardonneront
ils pas ſi vous les offenſez, pas
méme aprés cinquante ans.

※※※

CLAUDIUS RIVIGARDUS
qui a fait *Circulus piſanus* : eſt natif de Moulins en France les François l'appellent M. de Beauregard:
ſuppoſito tamen nomine, car il s'appelle encore autrement, il a un
frere Marchand demeurant à Florence. Il a eſté Profeſſeur à Piſe,
& eſt aujourd'hui à Padouë à la
place de *Fortunio Liceti*. Il ne croit
qu'en Ariſtote, & ſe moque de
tout la Religion des Italiens.

※※※

Je ſuis revenu d'Italie le Samedi 10. Mars 1642. j'ai vû à Rome *Famianus Strada*, & l'y ai laissé en bonne santé Dieu merci. Il m'a dit que son second tome *de Bello Belgico* est achevé & prest d'étre mis sous la presse. Le Libraire qui en veut entreprendre l'impression lui en offre quarente exemplaires, & il en veut plus de cent pour en donner à ses amis. Il voudroit bien que le Duc de Parme le fit imprimer à ses dépens, mais cela n'est pas encore arrêté. Toutefois il y a cinq mois que je suis sorti de Rome, peutêtre qu'il est maintenant plus d'a-moitié imprimé,

❊❊❊

GASPAR SCIOPPI est à Padoüe âgé d'environ soixante & douze ans, bon homme & encore bien sçavant; il vit-là doucement d'un petit revenu qu'il a dans le Mantoüan. Il est Auteur d'un petit Livre intitulé *de strata-gematibus Iesuitarum.* Il a encore fait quinze autres volumes contre ces bons Peres ; dont il n'attend que l'occasion pour les faire im_primer. On m'a dit que leur Pere General s'offroit de les faire im_primer à ses frais. Il est bien bon ce bon Pere ! Il a pleuré de regret quand il m'a vû partir.

Cassianus à *Putco* & *Leo Allatius,* sont en fort bonne santé.

❊❊❊

Le Pape Innocent X. est âgé de soixante & douze ans, c'est un fin & rusé Renard, qui cherche à enrichir sa Maison par toute sorte de voye.

❊❊❊

Le Roy d'Angleterre est aujour-d'hui fort mal dans ses affaires : Messieurs les Barberins Neveux du Pape deffunt l'ont ruiné pen-sant le servir, & la Reine sa sem-

me y a fait plus que pas un : les
Cardinaux Barberins avoient un
Ambassadeur auprès de lui : lui
aussi avoit un Agent à Rome au
nom de sa femme, & toutes ces
Légations ont irrité le Parlement
contre lui.

※※※

C'est une sotte Religion que la
Juifve, & cela est étrange comment les Juifs d'aujourd'hui en
en sont obstinez. Ils en observent
ponctuellement les Ceremonies,
ils n'osent encore le jour du Sa-
bath ni peter ni allumer leur feu.
*Mahometani Turcæ in orationibus
circa crepitum ventris idem sentiunt.*
Fr. Eugene Roger au Voyage de
la Terre Sainte. p. 230.

S. Augustin dit avoir vû quelqu'un qui commandoit à son der-
riere de peter autant qu'il vouloit. Et Vives dit qu'il en connois-
soit un autre, qui en faisoit selon
le ton de voix que l'on vouloit,

de même qu'un orgue. Montaigne en ses Essais Liv. 1. chap. 20. p 62.

Claudius Cæsar Imperator dicitur meditatus edictum quo veniam daret flatum , crepitumque ventris in convivio emittendi cum periclitantem quemdam præ pudore & continentia reperiisset. Suet. in Claud. Cap. 32. p. 274. Edit. Patini.

Judæi observant quod si inter orandum crepitus ventris fieret, mali esset ominis; si sternutarent, boni.

CORNELIUS JANSENIUS étoit un des plus sçavans hommes du monde, esprit bien reglé, bien profond, & qui avoit un bon stile. Il a fait son grand *Augustinus*, qui est d'un prodigieux travail & d'une grande étude : c'est lui aussi qui est Auteur du *Mars Gallicus*, & d'un autre Livre intitulé : *Admonitio ad Regem Christianissimum*,

I iiij

qui fut fourdement publié à Paris, & condamné l'an 1622. La premiere impreffion fut *infolio*, la
feconde *inquarto*. Tout le monde
crût que ce Livre venoit de *Carolus*
Scribanius J fuite d'Anvers ; d'autres difoient que c'étoit Jean
Boucher Docteur de Sorbonne,
exilé de France pour la Ligue &
Archidiacre de Courtray. Le Cardinal Bagny qui étoit à Rome
me dit l'an 1632. que l'Auteur de
ce libelle n'étoit aucun de tous
ceux-là, & qu'il n'étoit point Jefuite ; qu'il le connoiffoit bien,
mais qu'il ne le vouloit pas dire.
J'ai depuis fçeu de bonne part,
que c'étoit ce *Cornelius Janferius*,
qui eft devenu Evêque d'Ypres:
ce qui lui a efté donné en partie
pour recompenfe : quoique d'ailleurs il fut un tres-grand Perfonnage. Mais fes deux petits Livres
fort mieux faits que fon grand,
auquel il n'a pû mettre la derniere

main : êtant prevenu de la peste dont il mourut, laquelle il gagna en confeſſant un de ſes Diocéſains l'an 1638. *Pridie Nonas Maij*, âgé de cinquante deux ans.

※ ※

FRIDERICUS PENDASIUS a eſté un grand Philoſophe. Il a enſeigné la Philoſophie à Bologne : *multa ſcripſit*. Il a eſté le Maître de *Zabarella* & de *Licetus*, ſa Chaire a vaqué vingt-ſept ans, faute d'un homme qui la pût remplir comme lui.

※ ※

LUCRECE & PEINE étoient Epicuriens. POMPONACE étoit Peripateticien tout pur. CARDAN n'a jamais pris parti. Il n'a point eu de Religion arrêtée.

※ ※

SIXTE V. étoit un homme

bien refolu, un Maître Moine
qui avoit gardé les pourceaux ;
grand Politique & grand Jufticier.
Depuis lui on n'a pasfait de Moine
Pape, & c'eft dequoi on a peur à
Rome. Aprés fa mort on mit à
Pafquin une rave dans le cul, &
des Vers Italiens qui difoient :

Si jamais je fais un Moine Pape ,
Dans le cul fourre moi cette rave.

※ ※

Le Pere S c h i n e r Jefuite Allemand grand Mathematicien ,
obtint une Penfion de l'Empereur
pour faire un voyage à Rome ;
lorfqu'il y fut arrivé, *omnia mira-*
batur que videbat , & difoit des autres Italiens : *profecto funt homines*
ifti mirabiles , folvunt verbis, vefcun-
tur herbis , & pugnant lapidibus. L'I-
talie eft le païs des belles paroles :
force eau benîte de Cour & peu
d'argent : voila pour le premier.
Pour le fecond : ils mangent force

herbes qu'ils ont à bon marché,
& la viande y est fort chere. Pour
le troisiéme : c'est qu'il voyoit des
enfans qui frondoient & se bat-
toient à coups de pierre, comme
ils font pareillement ici. Ce Pere
s'en voulant retourner en Allemagne dit, qu'il vouloit emporter
quelque present pour l'Empereur :
deux Jesuites de Rome lui vendi-
rent quarante écus un caillou, &
lui persuaderent que c'étoit un
bezoard qui venoit des Indes O-
rientales. Ce bon Pere le crut
sottement & le paya de même.

※ ※

M. PATIN a beau dire le *Qui-
na-quina* est un bon febrifuge :
c'est l'écorce d'un arbre qu'on
trouve dans la Province de *Quito*
en Amerique : cet arbre n'est pas
grand, ses füeilles ressemblent à
celle des pruniers, elles n'ont aucune vertu non plus que le bois.

La refine qui en coule & les grai-
nes que cet arbre produit chaſſent
la fiévre auſſi bien que l'écorce.
Les Ameriquains découvrirent ce
remede l'an 1640. à la Comteſſe
del Cinchon femme du Vicəroi du
Perou, qui avoit la fiévre, & elle
fût auſſi-tôt guerie. En 1649 la
reputation de ce remede s'eſt ré-
panduë en Eſpagne, en Italie &
à Rome par les ſoins du Cardinal
de Lugo & des autres Jeſuites, ce
qui a fait qu'on l'appelle la pou-
dre des Jeſuites.

✠ ✠

Je ne haïs pas la penſée de cette
Veſtale Romaine, laquelle eut
voulu être mariée, & qui penſa
mourir pour avoir trop ardem-
ment prononcé ce Vers Latin de
Seneque *l. 6. Controv. 8.*

Felices nuptæ, moriar, niſi nubere
dulce eſt.

Je ne pourrois pas me reſoudre

à me marier, ce marché est trop
épineux & trop plein de difficulté
pour un homme d'étude, j'aime
mieux dire comme Horace :

Melius nil cælibe vitâ

*l'id. dissert. Daniel. Heins. an viro
litterato ducenda sit uxor. Justi lipsij
Epist.* 31. *Centuriæ* 1. Les Stances du
Mariage de M. Desportes & M.
de Rampale en ses Discours Academiques p. 233.

❧ ❧

M. Saumaise travaille aujour-
d'hui à la priere du Prince d'O-
range contre les Anglois : je ne
sçai s'il pourra reüssir : mais voila
une horrible cruauté à ces Anglois
d'avoir ainsi coupé la tête à leur
Roy qui n'étoit pas un mauvais
Prince. Je fus tout interdit quand
je le vis! jamais chose ne me sur-
prit d'avantage : je pensois qu'il
n'y avoit que les Turcs qui fussent
capables de ces cruautés.

※※

Le Pere Jules MAZARINI
Jesuite étoit frere bâtard du Pere
du Cardinal Mazarin. Il estoit
grand Predicateur. A Bologne
on dressoit des theatres exprés
pour le voir prêcher. Il estoit
grand Orateur & persuadoit heu‑
reusement.

※※

Le Pere INCOFFER Jesuite
a été découvert être le vrai Au‑
teur du livret contre les Jesuites.
Il est intitulé : *Monarchia solipso‑
rum*. Les Jesuites cherchent par
tout ce Livre pour le supprimer,
ils achettent les coppies au poids
de l'or : ils en ont achetté un exem‑
plaire quinze pistoles. Il est mort
depuis peu en Italie. C'etoit un
homme fin & rusé.

※※

Le Cardinal d'aujourd'hui le

plus papable & le plus propre à être *Pontifex maximus* est le Cardinal *Sachetti*, il est vieux: mais il en est plus propre.

-

L'Abbé CONSTANTIN CAJETANO Benedictin Italien est celui qui a produit tant de différens manuscrits, afin de prouver que le Livre *de Imitatione Christi* de Thomas à Kempis est d'un certain Moine de son Ordre ; mais tout ce qu'il a produit s'est trouvé faux.

-

CÆSAR CAPORALI étoit un Poëte Italien Modenois, Secretaire d'un Cardinal à Rome. Il a fait des Vers Burlesques sur plusieurs matieres, & entr'autres la vie de Mecene, qui est un Livre fort plaisant. Il a toûjours été pauvre & malheureux. Il disoit à ce sujet, que si le hazard l'avoir fait

du métier de Chapelier , Dieu
auroit fait naître les hommes fans
tête.

☙ ❦ ☙

VIRGINIO CÆSARINI
étoit un Gentil-homme Romain,
que l'on difoit être plus fçavant
que *Picus Mirandulanus*. Il mourut à Rome âgé de trente ans,
fans avoir rien mis au jour, *Juftus
Ricquius* Flamand a écrit fa vie,
où eft fon portrait avec celui de
Picus Mirandulanus. Il étoit parent
du Cardinal Cefarin fous Urbain
VIII. de la famille des Cefarins
de Rome, contre lefquels on a
fait autrefois ce Diftique.

Redde Aquilam Imperio, Columnis,
     redde Columnam,
Vrfinis, urfam: fola Catena tua eft.

☙ ❦ ☙

FERRAND. CAROLUS é-
toit un Italien, fou s'il y en eut
jamais, bien fçavant & eloquent.
mais écervelé.   M. CRAS-

✠✠✠

M. CRASSOT eft fort prifé en Italie, j'y ai vû fes œuvres chez M. le Chevalier *del Pozzo*, & fon portrait auffi que M. Bourdelot lui a donné, & ce n'eft pas fans raifon qu'il y eft loüé hautement. Craffot a efté un grand Perfonnage, je n'en parle point par flaterie, je me fouviens bien de l'avoir vû : mais je n'ai jamais efté fon écolier. J'ai fait mon Cours fous M. Padet à Harcourt.

René Dy Cartes

✠✠✠

M. DESCARTES qui eft mort à Stolk holm en Suede le onze de Février 1650. étoit un homme de mauvaife mine, qui n'avoit rien d'agreable. S'il a laiffé quelque chofe à imprimer, ce fera M. Pic qui en aura le foin. Il avoit bien des vifions dans fa tête qui font mortes auffi bien que lui.

K

❋❋❋

Le Cardinal MACHIAVELLI
est Florentin, de la parenté de
Nicolas Machiavel Secretaire Florentin: le feu Pape Urbain le fit
Cardinal, parcequ'il étoit son
parent.

❋❋❋

ANTONIUS GALLONIUS
étoit un Prêtre de l'Oratoire à
Rome, sçavant & adroit, qui a
écrit la Vie de S. Philippe de *Nerio* premier Fondateur de son Ordre : il a aussi écrit *de Cruciatibus
Martyrum : & pro Divo Gregorio an
fuerit Monachus. Gallonius de Cruciatibus Martyrum. Editus est Parisiis
apud Cramoisy anno* 1660. *inquarto.*

❋❋❋

BAPTISTA A PORTA étoit
un Gentil-homme Neapolitain,
grand curieux, bel esprit, fort
riche, qui a beaucoup écrit de

J'ai été trois mois durant dans
la conversation de *Cremonin*. J'ai
toûjours soûtenu son parti contre
Caimus. J'ai oüi dire dans le Thea-
tre Anatomique de Paris à M.
Riolan , que quand Hippocrate
& Galien auroient voulu faire
ensemble le Traité de Cremonin,
de principatu membrorum ; ils n'auroient pas mieux fait. Ce Cremonin étoit grand Personnage , un
esprit vif & capable de tout , un
homme deniaisé & gueri du sot ,
qui sçavoit bien la verité , mais
qu'on n'ose pas dire en Italie.
Tous les Professeurs de ce païs-là,
mais principalement ceux de Padoüe sont gens déniaisez , d'autant
qu'étant parvenus au faîte de la
science , ils doivent être détrom-
pez des erreurs vulgaires des sié-
cles & bien connoître l'opinion
K ij

d'Ariſtote , de l'eſprit duquel ce
Cremonin eſt un vrai Tiercelet
& parfait abregé. Ces Meſſieurs-
là qui ſont gens raffinez, & dont
le nombre eſt grand en Italie,
ſçavent bien diſcerner dans les
grands, le vrai d'avec le faux. Un
homme de mes amis m'a depuis
peu écrit de Genes, c'eſt M. *A-
leide Muſcino* , que le Livre de ce
Cremonin tant ſouhaité , a été
imprimé en cachette à Veniſe ou
d Padoüe , & qu'on le vend bien
cherement : je penſe qu'il eſt intitulé : *Illuſtres Contemplationes de
animâ.*

CREMONIN cachoit fine-
ment ſon jeu en Italie : *nihil ha-
bebat pietatis , & tamen pius haberi
volebat.* Une de ſes maximes étoit:
intus ut libet , foris ut moris eſt. Il
y en a bien en Italie qui n'en
croyent pas plus que Cremonin.
Machiavel & lui étoient à deux
de jeu, & Epicure, Lucrece, Car-

dan, Castellanus, Pomponace, Bembe, & tous ceux qui ont é-crit de l'Immortalité de l'Ame. Pline a été un des chefs. Vanini en son Amphitheatre dit : que c'est la grande Secte que celle des Athées, qui est grossie de la plûpart des Princes *utriusque ordi-nis*, & d'un grand nombre de sçavans anciens, comme Polybe, Ciceron, Cesar, Juvenal, Horace, Socrate, Homere, Euripi-de, Virgile, &c.

Le Cardinal PANCIROLE est mort le mois passé. Il gouvernoit le Pape. Il étoit horriblement du parti des Espagnols, bon ami du Coadjuteur qui y a perdu, & le Cardinal Mazarin son ennemi y a gagné, parcequ'il lui nuisoit souvent, & quand il le pouvoit il n'échapoit pas l'occasion.

⧓⧓⧓

Il faut faire état d'Ariſtote autant qu'on peut eſtimer un homme, il a ſurpaſſé Platon en tout. Platon étoit un Cabaliſte, & un fondement à toute ſorte de ſottiſes & de rêveries : Ariſtote eſt un fondement pour les dé‑truire. Cardan a reſſemblé à Ari‑ſtote en ce qu'il a dit de bon & de ſolide, mais il rêve quelque‑fois trop.

⧓⧓⧓

C'eſt une badinerie des Hugue‑nots de dire qu'il y a eu une Pa‑peſſe Jeanne. J'aimerois autant croire les contes de Poſtel de ſa grand Mere‑Jeanne qui doit re‑venir pour ſauver les femmes. Je ne ſçai pas comment M. de Sau‑maiſe en ſon Livre *de primatu Petri* pourra prouver cela. Joſeph Scaliger, tout Huguenot qu'il étoit, se moquoit des Ministres qui disoient qu'elle avoit été. Il y a ici au Fauxbourg S. Germain un Ministre nommé Blondel, qui a fait un Livre exprés pour prouver que cette Papesse ne fut jamais, mais ce Livre n'est pas encore imprimé. Voi ce qu'en ont écrit Florimond de Raymond, & le P. Cotton en son Institution Catholique.

J'ai vû en Italie un petit Livre d'un Jesuite Milanois écrit en Italien intitulé : *Treize raisons par lesquelles il est prouvé qu'il n'y eut jamais de Papesse.*

❊❊❊

Je n'ai jamais vû le Livre *de tribus Impostoribus*, & je crois qu'il n'a jamais été imprimé, & tiens pour mensonge tout ce qu'on en a dit : Quelques uns disent qu'il esté imprimé en Hongrie ou en Pologne. Postel a dit que l'Auteur

de ce Livre étoit Arnaud de Vil-
leneuve : d'autres l'ont attribué à
Poftel, comme le Docteur Ramus,
& un certain Livre intitulé : *le
Magot Genevois*, dont l'Auteur eft
felon M. Sponde page 57. le
Miniftre Banfillon, ou plûtoft le
nommé Barnaud que Banfillon
avoit retiré chez Lui quoique convaincu d'Arianifme. Florimond
de Raymond a dit que Ramus le
lifoit en fe promenant dans la
Cour du College de Beauvais, &
moi je ne crois pas qu'il ait jamais exifté *in rerum natura*. Tout
ce qu'on en dit eft tiré de ce qu'en
dit Lipfe *in monitis & exemplis po-
liticis lib. 1. cap. 4.* où il dit. *Sunt
qui non folum vitâ impietatem prefe-
runt, fed impudenter linguâ exprimunt:
ut ille Fredericus fecundus Imperator
cui fæpe in ore tres fuiffe infignes im-
poftores qui Genus Humanum feduxe-
runt.*

FIN.

PATINIANA.

BODIN avoit été Carme dans son jeune âge, le libertinage l'en fit sortir pour vivre dans le monde : il frequenta d'abord le Palais, mais il s'en dégouta & s'apliqua uniquement à faire des livres, Sur la fin de ses jours il en fit un fort dangereux sous le titre *Colloquium* ΕΠΤΑΠΛΟΥΜΕΡΕΣ *de abditis rerum sublimium arcanis.* Il disoit à ses amis qu'il avoit un Demon familier. Je m'éclaircirai plus

A

particulierement de cela.

❊❊❊

Nôtre ami GASSENDI ne l'é-
toit guerres d'Aristote. Il m'a dit
fort souvent en plaisantant, que
ce Philosophe avoit un nez de
cire, qu'on faisoit tourner comme on vouloit avec une chique-
naude.

❊❊❊

Le Pere JOSEPH trouvoit tout
facile. M. Brûlart qui avoit con-
clû un Traité à Ratisbonne con-
jointement avec ce Capucin, disoit, qu'il n'avoit rien de son Ordre que l'habit.

❊❊❊

URBAIN VIII. ne fera pas
de Cardinaux Jesuites, car il n'en
a pas envie: les Jesuites sont craints
& haïs en Italie, mais il faut être
bien avec eux pour être Pape.
Voila pourquoi ils ont plusieurs

Cardinaux pour amis.

Le Pape URBAIN VIII. a eu un Medecin nommé *Julio Mancini* qui étoit moralement honnête homme, grand Astrologue, fort sçavant dans les bonnes Lettres. Beneficier, & qui est mort à Rome suspect d'avoir peu de Religion.

Jaques *meurre Gauahie provençal*

M. GAFFAREL prêchant à Grenoble laissa échaper quelques mots touchant la reünion des deux Religions; il en fut repris, & par Arrest du Parlement condamné de se retracter.

Pignatelly

STEPHANUS PIGNATELLUS PERUSINUS avoit été fort vicieux dans sa jeunesse. Il avoit été au service du Cardinal Borghese; cela lui procura le Chapeau de Cardinal. Il mourut bientôt aprés. Le Pape Paul V. eut un tel

A ij

regret de l'avoir fait Cardinal
qu'il en mourut de déplaisir.

✢✢✢

Le Pere HILAIRE de Gre-
noble Capucin, autrement nommé *du Travail*, accusa si hardiment & si puissamment en plein
Conclave le Cardinal *Monopoli* de
plusieurs crimes attroces, que ce
Cardinal tout honteux se retira
de Rome & s'en alla mourir à la
campagne. Feu M. le Cardinal
Bagny me l'a dit ainsi. Ciaconius
dit qu'il mourut en l'année 1607.
repentina morte. Il étoit Moine lorsqu'il fut fait Cardinal par Clement VIII. en 1604. *Vide Thuan.
Hist. t. 5. p.* 1117. Voyez ce que dit
l'Historien Mathieu dans la vie
d'Henry IV. où il parle de ce
Cardinal comme d'un Saint. Ce
même *du Travail* avoit été Offi-
cier, puis il se fit Capucin, pour
servir l'Etat, disoit-il, depuis Hu-

guenot, & enfin Prêtre seculier ;
il avoit entrepris de faire mourir
la Reine Marie de Medicis par
poison ou d'un coup de pistolet.
On lui fit son procés, & par Arrest de la Cour du 10. May 1617.
il fut condamné à la roüe. Voyez
la Relation de la mort du Marefchal d'Ancre, qui est à la fin de
l'Histoire des Favoris de M. Du-
puy.

AONIUS PALEARIUS qui
a écrit un Poëme Latin *de animo-
rum immortalitate*, & de qui nous
avons aussi des Epîtres & Oraisons
Latines en beau stile fût brûlé à
Rome l'an 1566. parcequ'il étoit
Lutherien. M. de Thou tom. 2.
dit que ce fut pour avoir dit *in-
quisitionem esse sitam districtam in lit-
teratos.* Ce n'étoit pas là son vrai
nom, il se l'étoit fait à plaisir aussi
bien que *Marcellus Palingenius Stellatus* autre Poëte.

A iij

M. de SAUMAISE a fait imprimer un Livre *de primatu Petri*, dans lequel il soûtient deux paradoxes qu'il aura grande peine à prouver : l'un est que S. Pierre n'a jamais été à Rome : l'autre qu'il y a eu une Papesse Jeanne. J'ai peur que ces deux opinions ne fassent perdre credit à son Livre. M. de Saumaise, est peut-être le plus sçavant de l'Europe pour son âge, car il n'a que cinquante ans : pour être si sçavant plusieurs choses l'ont aidé. 1. Un Pere fort sçavant. 2. *Assiduitas studium*. 3. Les cinq années qu'il a étudié à Heidelberg avec *Gruterus* & autres sçavans dans cette belle Bibliotheque Palatine qui a été détruite après la Bataille de Prague. 4. La memoire qu'il a prodigieuse. Casaubon lui dit un jour, comme il étoit encore fort jeune : Mon-

„ fieur, ne méprifés pas les dons
„ que vous tenez de Dieu, ils font
„ grands & beaux : vous en fçavez
„ déja plus à vôtre âge que Sca-
„ liger & moi n'en fçavons tous
„ deux enfemble. Scaliger écrivoit à M. de Saumaife, lorfqu'il
n'avoit encore que feize ans, &
faifoit déja grand état de lui; pour
moi je crois, mais je n'oferois le
dire *dicam tamen fed tibi*, que Saumaife eft le plus fçavant homme
de l'Europe, & qu'il en fçait plus
lui tout feul, que jamais n'en ont
fçeu Scaliger & Cafaubon tous
deux enfemble.

De Chrifti deformitate. Plufieurs
en ont écrit, entre autres Ter-
tullien en trois endroits. *Aliqui
veteres dixerunt Chriftum fuiffe Lenti-
ginofum.* Donc il n'étoit pas beau.
Saint Irénée. *Idem fcripfit. Cardinalis de Alliaco, Cardanus in genitura*

A iiij

Christi. Alij dicunt fuisse facie & as-
pectu Tetricum & morosum, ergo for-
mosus esse non potuit. Un certain A-
rabe a fait l'horoscope de JESUS-
CHRIST & a dit qu'il étoit laid.

※-※

FRANÇOIS BACON Chan-
cellier d'Angleterre, étoit un des
grands esprits de son têms, un
excellent homme qui avoit de fort
bons & loüables desseins pour l'a-
vancement des bonnes Lettres,
c'est dommage qu'il n'a pas été
secondé. Il mourut l'an 1626. âgé
de soixante & six ans, & si pauvre que quelque têms auparavant
il écrivoit au Roy une lettre, dans
laquelle il le prioit de le secourir,
de peur qu'il ne fut reduit en ses
derniers jours à porter la besace,
& que lui qui ne soûhaitoit de vivre que pour étudier, ne fut con-
traint d'étudier pour vivre. Il
étoit entré dans le droit chemin

pour profiter aux autres. Dans les
Lettres il ne faut pàs innover, il
faut reformer.

※ ※※

FRA-PAOLO de Venise étoit
un grand esprit sublime & vraiment Metaphysique, comme l'a
nommé *Oratius Tubero*, c'est à dire,
M. de la Mothe le Vayer. Il étoit
sçavant en tout.

※ ※※

Je crois qu'il n'y a ni Sorciers
ni Magiciens, *& nugas reputo insu-
raqua figmenta quæcumque de his scri-
buntur*. Pour les Diables, je pense
qu'ils nous poussent à mal faire,
& rien plus. La Demonomanie
de Bodin ne vaut rien du tout :
c'est une pure badinerie. Ce grand
esprit se moquoit du monde & se
rendoit ridicule quand il fit ce Livre. Pour les Spectres de Loyer,
& tout ce qu'en a dit de l'Ancre

& tant d'autres. Ce font pures
bagatelles de gens oiseux & super-
stitieux:

^{jean}

Le Mareschal de GASSION
étoit fils d'un Président de Pau;
c'étoit un guerrier qui sçavoit
faire autre chose que tuër des
hommes: il pensoit aussi fort sen-
tentieusement. Comme on lui disoit qu'il devoit se marier, quand
ce ne seroit que pour laisser des
heritiers de sa valeur & de son
courage. Il répondit admirablement: Je n'estime pas assez la vie
pour en vouloir faire part à quel-
'qu'un.

JOANNES MARIA SUARE-
SIUS VASIONENSIS EPISCOPUS
a été premierement Secretaire
du Cardinal Bagny lorsqu'il étoit
Nonce en Flandres, puis a été
Bibliothequaire du Cardinal Barberin, lequel il a servi sept ans,

& en a eu pour recompenſe l'E-
vêché de Vaiſon en ſon païs, &
douze cens écus de rente. Il n'a
vécu que quarente ans ; il étoit
fort ſçavant dans l'Hiſtoire Ec-
cleſiaſtique.

🙰🙰🙰

Fortunius Licetus a
ſoixante & quatre ans. Il eſt natif de Rocca qui eſt dans la Republique de Genes. Il eſt marié
& eſt aujourd'hui le premier Peripateticien de l'Italie, & même du
monde. C'eſt l'homme le plus la-
borieux que je connoiſſe, il a fait
pluſieurs Livres, & n'en a jamais
fait imprimer aucun qu'il ne l'ait
tranſcrit quatre ou cinq fois lui-
même ; il a enſeigné premierement à Piſe, puis vingt-quatre
ans à Padouë & à Cremone. Il
enſeigne maintenant à Boulogne
avec quinze cens livres de gages.
Il a encore quantité de Traitez à

mettre au jour , outre ce que
nous avons déja eu de lui.

❦❦❦

Je fais grand état d'un Livre
intitulé: *Religio Medici* qu'on pourroit intituler auſſi bien : *Medicus
Religiosus*. Il eſt d'un Medecin Anglois qui eſt fort habile dans ſa
profeſſion, il a écrit de la Verole
de luc Venerd. Il cherche maſtre
en fait de Religion , & peut-être
n'en trouvera-t-il aucun. On peut
dire de lui ce que Philippe de
Comines a dit de S. François de
Paule ; il eſt encore en vie, il peut
auſſi bien empirer, qu'amender.

❦❦❦

VOLFANG Duc de Deux-
Ponts, qui vint en France avec
une armée pour ſecourir les Pro-
teſtans ſous le regne de Charles
IX. étoit un franc yvrogne, c'eſt
à dire un vrai Allemand. Il mou-

rut à la Charité fur Loire d'avoir
trop bû l'an 1569. Ce fût fur fa
mort qu'on fit ce Diſtique :

Pons fuperavit aquas , fuperarunt po-
cula Ponto ,

Febre tremens periit , qui tremor or-
bis erat.

ANDRÆAS ALCIATUS
étoit un des ſçavans hommes de
ſon têms ; il enſeigna le droit à
Bourges , où il fut appellé par
François premier l'an 1529. à douze cens francs de gages. Après y
avoir demeuré cinq ans , il s'en
retourna en Italie, & enſeigna à
Pavie , à Ferrare, à Avignon & à
Bologne. Il eſt mort à Pavie l'an
1559. âgé de trente huit ans. Voyez
ſa vie & ſes éloges au commencement de ſes Embêmes avec le
Commentaire de Minos. Le Cardinal *Francifcus Alciatus* étoit ſon
parent ; il étoit de Milan. Saint
Charles le fit faire Cardinal par
ſon oncle Pie IV. Il mourut à

Rome l'an 1580. âgé de cinquante huit ans.

***

Si M. de MEZIRIAC eut vêcu
il eut donné au public une nouvelle version de Plutarque, qui
eut été plus nette & plus fidelle
que celle d'Amiot. On dit qu'il
avoit corrigé dans son Amiot huit
mille fautes, & qu'Amiot n'avoit
pas de bons exemplaires, ou qu'il
n'avoit pas bien entendu le Grec
de Plutarque. *Fuit Jesuita & domui
Mediolani Rhetoricam annum agens
20. tum ægrotans exiit è sodalitate.*

***

La Mareschale de Guebriant
vient de mourir à Perigueux. C'é-
toit une maîtresse femme qui
avoit de grands talens par les Ne-
gotiations, comme elle le fit voir
à l'égard de Charlevois qu'elle
sçeut faire sortir de Brisac où il
commandoit, & qu'elle fit con-

duire prisonnier à Philisbourg.

En 1646. elle fut chargée de conduire en Pologne Marie de Gonzague fille du Duc de Nevers avec Titre d'Ambassadrice extraordinaire. Elle étoit fille de René du Bec, Marquis de Vardes, Gouverneur de la Capelle, & Sœur de René du Bec, qui épousa la Comtesse de Moret Maîtresse d'Henry IV. & Mere du Comte de Moret, qui fut tué * à Castelnaudari l'an 1632. Cette bonne Comtesse n'étoit pas ennemie de l'humanité, sur la fin de ses jours elle perdit la vuë, surquoi l'on fit ce joli Distique:

Cum longuas noctes Moreta ab amore
  vagaris,
Fauste amar votis, perpetuasque dedis.

* On ne croit pas qu'il y fut tué, mais [...] seulement, & qu'il prit de-là occasion de se retirer du monde, & se fit Hermite sous le nom de FRERE JEAN où il a vécu longtems après & est mort en odeur de Sainteté. Voyez [...] vie d'un solitaire inconnu.

Elle étoit auſſi mere du Marquis de Vardes d'aujourd'hui, Seigneur de beaucoup de merite, &
eſt fameuſe dans l'*Euphromium* de
Barclay, ſous le nom de *Caſina*.

*****

M. le Prince deffunt ne fut obligé de lever le ſiege qu'il avoit mis
devant Dole, que pour avoir
voulu menager la Maiſon des Jeſuites. Il attaqua la place par un
autre endroit qui étoit le plus
fortifié, & ainſi il échoüa.

*****

Charles DURET DE CHEVRY Preſident des Comptes, étoit fils de
Loüis Duret Medecin. Il mourut
en 1637. aprés avoir été taillé de
la pierre. Voici ſon Epitaphe:

Cy giſt qui fuïoit le repos
Qui fut nourri dés la mamelle
De tributs, tailles & impoſts
De ſubſides & de Gabelle;

Qui

Qui mêloit dans ses alimens
De l'essence du sol pour livre.
Passant songe à te mieux nourrir
Car si la Taille la fait vivre
La taille aussi la fait mourir.

❊❊❊

J O A N N E S B A P T I S T A Susius *Susie, dela olinane*
M I R A N D U L A N U S étoit un Me-
decin de Mantoüe qui saignoit
hardiment, & plus que tous les
Italiens, & cela aussi à propos que
nôtre Nation Antimoniale donne l'Emetique.

❊❊❊ Manuce

P A U L U S M A N U T I U S V E N E T U S
Typographus, erat vir doctissimus, Aldi
Pater & Aldi Filius. Putant istam Ma-
nutiorum familiam periisse & extin-
ctam esse in Italia. Paul Manuce a
divinement travaillé sur Ciceron.
il avoit été Prefet de la Bibliotheque Vaticane, mais il fallut qu'il
quittât Rome pour s'en retourner

B

à Venise, d'ou il fit fortir une
fienne fille de fon Convent quoi-
qu'elle y fut Profeffe depuis long-
tems , puis la maria ; mais comme
elle s'abandonna à la débauche,
ce bon homme en devint tout
melancolique , fon mal s'augmen-
tâ d'une maladie inveterée qui
lui ruina la fanté & le fit mourir. Il ne laiffa qu'un fils dont on
n'a point parlé. Le chemin de la
mort eft fi grand que tout le monde y entre.

Tendimus huc omnes.

❦❦❦

PIERIUS VALERIANUS BEL-
LUNENSIS étoit un tres-fçavant homme & fes œuvres le témoignent
affez. Il a travaillé fur Virgile,
fur la Spere, & a fait auffi un Traité
de litteratorum infelicitate , & un autre Livre qui eft extrememe rare
de fulminum fignificatione , imprimé
l'an 1517. Il refufa plufieurs Bene-

fices & aima mieux vivre en son
particulier *& mussis sacra facere.* Il
mourut à Padoüe l'an 1558. la même année que Fernel & Scaliger,

****

JORDANUS BRUNUS NOLANUS
étoit un Neapolitain , étrange
esprit, capricieux & iuventif ; il
avoit voyagé par toute l'Europe ,
il fut brûlé en Italie à son retour
du voyage de France pour here-
fie : *scripsit de pluribus* 1591. *de infi-
nito atomis & vacuo.* On dit
que Descartes a pris bien des
choses de lui.

BAUDIUS étoit un gentil esprit , qui écrivoit admirablement
bien en Latin , comme il paroist
par l'Histoire qu'il a faite de la
Tréve de 1602. & par ses Lettres ;
au reste excessivement débauché.
Utrumque modo & vino & venere. Il
appelloit le Vin de Beaune *Vinum
Deorum,* Mais puisqu'il s'adressoit

B ij

toûjours à des servantes. C'étoit
un veritable *Ancillariolus*.

***

JULIUS CÆSAR BULENGE-
Bulenger
RUS étoit natif de Loudun, fils
d'un Medecin natif de Troye. Il
se fit Jesuite à Paris assez jeune.
J'ai un petit Livre écrit de la main
de mon Pere qui sont des Leçons
qu'il lui a dictées en 1586. Il sortit
des Jesuites & enseigna dans plusieurs Colleges de Paris, à Harcourt, aux Grassins, puis il devint
Aumônier du Roy, Alchimiste,
fripon & débauché : enfin allant
à confesse à un Jesuite en un certain Jubilé, il fut reconquis & re-
gagné aprés une parenthese de
vingt-deux ans, & il se remit aux
Jesuites chez lesquels il est mort
environ l'an 1628. à Tournon où
là auprés. Il étoit sçavant, mais
tout ce qu'il a écrit n'a pas reussi.
Les Jesuites le vouloient obliger
d'écrire contre l'Histoire de M.

ANGELUS POLITIANUS a été un
des beaux efprits qui furent jamais, & comme dit Erafme *in Ci-
ceroniano* : *Rarum fuit nature mira-
culum.* On dit qu'il étoit fort débauché. Il fe fit nommer *Politianus*, parcequ'il étoit *de monte Poli-
tiano* en Tofcane, fon vrai nom
étoit Jean Petit.

La Provence eft la petite Barbarie. M. d'Urfé dit que les peuples font dans ce païs-là riches de
peu de biens, glorieux de peu
d'honneur, & fçavans de peu de
fcience.

Les Chrétiens fe ruinent à plai-
der, les Juifs à faire leur premiere
Cene, & les Turcs à fe marler.

※⁂※

ESTIENNE DOLET étoit fort
fçavant tant en Profe qu'en Vers;
mais il a eu bien des ennemis. Il
écrivit contre la Ville de Touloufe quelques Harangues, pour
lefquelles il fit amende honora-
ble. On dit qu'il étoit bâtard de
François premier, mais il n'étoit
pas reconnu tel. C'eft chofe certaine qu'il fut pendu & brûlé
pour fa Religion, au têms qu'on
faifoit mourir les premiers Huguenots en France : *fed non mihi
conftat de anno neque de loco.* Je crois
que ce fut à Lyon où à Paris.
Scaliger l'a appellé Athée *in fuo
Hiperer.* Bucanaan & d'autres l'ont
fort méprifé. *Andreas Frefius* dans
fes Epigrammes pag. 40.

*Mortales animas gaudebas dicere
　　pridem*

*　Nunc immortales effe, Dolete, doles.*

Buchanan l. 10. Epig.

Carmina, quod sensu careant mirare Doletil

> *Quando qui scripsit carmina mente caret.*

On a dit que l'an 1544. le 22. de Février Estienne Dolet originaire d'Orleans & Imprimeur de Lyon, fut brûlé à la Place Maubert à Paris, & qu'allant au suplice il fit ces Vers:

Non dolet ipse Dolet, sed pia turba dolet.

Que le Docteur qui l'accompagnoit pour le convertir retourna ainsi:

Non pia turba dolet, sed dolet ipse Dolet.

***

MARCELLUS PALINGENIUS STELLATUS qui a fait le Poëme intitulé : *Zodiacus vitæ*, étoit un Ferrarois qui fut déterré & brûlé par les Inquisiteurs, pour

les choses qui sont dans ce Poëme contre les Prêtres & les Moines.

M. NAUDE' étoit un hom-
me fort sage, fort prudent & fort
reglé, bon ami, qui ne se fioit
qu'à moi & à M. Moreau. Il ne
bûvoit que de l'eau. Quand il
avoit reconnu la moindre chose
dans un homme il n'en revenoit
jamais: sentiment qu'il avoit pris
des Italiens.

CONRARD GESNERUS mourut
l'an 1565. à Zurich sa patrie âgé
de quarente neuf ans ce grand
homme qui employa toute la vie
à l'étude des bonnes Lettres & à
travailler pour le public, se sentant pressé d'un charbon de peste
& qu'il falloit mourir, se fit porter en son étude où il rendit l'esprit. Je tiens la memoire de ce
hom-

homme loüable d'avoir voulu mourir en un lieu ſi noble, & où il avoit ſi genereuſement employé la meilleure partie de ſa vie à faire les grandes œuvres qu'il a laiſſees à la Poſterité , & qui dureront juſques à la fin des ſiecles.

***

PROSPER MARTIANUS a fait de grands efforts pour bien expliquer Hypocrate. Il a laiſſé des enfans à Rome , qui depuis ſa mort ont fait imprimer quelque choſe de lui ſur les Aphoriſmes.

***

JULIUS CÆSAR SCALIGER étoit un illuſtre impoſteur , grand eſprit & de bonne trempe. Il ne fut jamais à la guerre , comme il l'a dit , ni à la Cour de Maximilien premier Empereur. Il avoit étudié dés ſa jeuneſſe ſans diſcontinuation. Il y a un certain Barth.

C

Riccius, qui lui écrit en ces termes: *Il faut que vous soyez bien sçavant dans sçavant, car il y a trente ans que vous étudiez toûjours.* Il avoit été Cordelier, & en sortit pour paroître dans le monde.

***

Il y a eu deux FRANCISCUS PATRICIUS en Italie, *unus Senensis, alter Dalmata. Senensis* a precedé l'autre de cent ans, & étoit Evêque: l'autre étoit un Professeur à Rome: allant au levant avec des Venitiens, il en raporta la Metaphysique de Philoponus qu'il a fait imprimer en Latin à Venise.

***

FABRICIUS AB AQUAPENDENTE étoit un Professeur à Padoüe de grande reputation; quand on l'alloit voir il montroit par parade une grande armoire pleine de

vaiſſelle d'argent qu'on lui avoit
donée par preſent, pour l'argent
qu'il avoit refuſé, & avoit mis
pour inſcription ſur icelle ces trois
mots : *luori neglecti lucrum*. Les Medecins de Paris ne peuvent pas
en faire de même, car quand on
leur fait preſent de vaiſſelle d'argent, on leur doit ordinairement
deux fois davantage, ſi bien que
ce leur eſt : *luori neglecti jactura*,
ou bien, *ex lucro neglecto damnum*.

ⓘ⊕⊕ⓘ

NICOLAUS FRANÇUS ou NICO-
LO FRANCO a été un des Rabelais de l'Italie, auſſi bien que
Merlinus Cocaius. Il écrivoit ex-
cellement bien, grand Satyrique.
Il fut pendu à Rome pour avoir
médit & écrit contre Pie V. C'é-
toit un brave vieillard. On le prit
dans ſon étude avec la robe four-
rée, & de-là fut mené au gibet.
Multa ſcripſit. Nicolaus Francus pa.

C ij

triâ Beneventanus Græcis & Latinis litteris peritus Arctinum litterarum expertem juvit, sed cum labori præmia non responderent secessit ab eo, & in eum scripsit, sacris initiatus in male dicendi morbum recidit & in crucem sublatus est. Scripsit Epistolas, Dialogos, & Latina Epigrammata.

><

'MASTILIUS CUGNATUS VERONENSIS étoit un sçavant Medecin qui pratiquoit la Medecine à Rome ; fort bon homme, *qui multa scripsit.* Il y a encore quelques manuscrits de lui qui restent à imprimer.

><

BOXHORNIUS Hollandois a fait imprimer à Leyden en 1633. *Poëtas Satyricos minores de corrupto Reipublicæ statu,* auquel Livre p. 15. il a fait mettre *Satyra de lite,* pensant que ce fut une piece ancienne, en quoi il se trompe fort, vû que ce Poëme est de M. le Chancellier de l'Hôpital & est imprimé dans son Recuëil *infolio* p. 78. qui commence ainsi :

O diræ Lites, ô jurgia sæva reorum, &c.

* * *

THEODORE DE BEZE fut tout de bon *Triumvir*, c'est à dire, qu'il fut marié trois fois, il mourut à Geneve l'an 1605. Voici les quatre Vers qu'Estienne Pasquier fit sur ce sujet.

Uxores ego tres vario sum tempore nactus
Cum juvenis, tum vir factus, & inde senex.
Propter opus prima est validis mihi juncta sub annis
Altera propter opes, tertia propter opem.

* * *

M. le Duc de CHEVREUSE est fils de M. de Luines, & petit fils du Connêtable, qui mourut l'an

1621. M. Albert de Luynes étoit un Gentilhomme Provençal, qui fit fortune auprés de Loüis XIII. par le debris du Marquis d'Ancre l'an 1617.

※※

jeanvalee DES BARREAUX est fils d'un Maître des Requêtes & petit fils d'un Contrôlleur General des Finances sous Henry III. & Henry IV. celui-ci étoit Conseiller, & est né à Paris l'an 1602. Il a bien infecté de pauvres jeunes gens de son libertinage, sa conversation étoit bien dangereuse aussi bien que ses exemples, quoi qu'il en ait donné quelquefois de bons ; témoin celui-ci: un jour étant las de travailler à revoir un procés dont il étoit Rapporteur, il fit venir les parties chez lui, paya au demandeur la somme qu'il demandoit, jetta les papiers dans le feu , & envoya les plai-

deurs au Diable. Il avoit voyagé
en Italie, & un rieur disoit que la
frequente conversation des Moines de ce païs-là l'avoit gâté.

JULIUS CESAR VANNINUS
est un Auteur qui fût brûlé à
Toulouse l'an 1619. Il étoit de
Naples ou il y a encore une famille du nom de *Vannini* : ce mise-
rable étoit las de vivre & enragé
de mourir, parcequ'il étoit gueux
ou au moins parcequ'il n'avoit pas
autant d'argent qu'il en vouloit.
Il faisoit le sçavant & ne l'étoit
point. Tout son Livre *de arcanis
naturæ Dialogi* est dérobé de *Scaliger de Cardanum*, de Fracastor, de
Pomponace. Je vous assure que
cela est tres-vrai, car je l'ai moi-
même verifié. On dit qu'il écrivoit au Pape Paul V. que si on ne
lui donnoit un bon Benefice capable de le nourrir & de l'entretenir, il s'en alloit dans trois
C iiij

mois renverfer toute la Religion Chrétienne. Je connois un homme d'honneur qui a vû cette Lettre, dans laquelle il y avoit plufieurs autres fottifes, & même des chofes horribles. Il a prêché à Paris en Italien en divers endroits. Il eft mort Martyr de l'Atheifme : *Julius Cefar Vanninus de admirandis Naturæ Reginæ deæque mortalium arcanis libri quatuor. Lutetiæ Parifiorum apud Adrianum Perier 1616. in octavo fol. 130.* Ce Livre fut imprimé à Paris fans aucune difficulté, & approuvé avec éloge par deux Cordeliers Docteurs de la Faculté. Quand on lui dit de demander pardon à Dieu, au Roy & à la Juftice : il répondit, qu'il ne croyoit pas qu'il y eut de Dieu, qu'il n'avoit jamais offenfé le Roy, & qu'il donnoit la Juftice au Diable, s'il y en avoit. En l'année 1660. les Libraires de Hollande voulurent imprimer ce

Livre de Vanninus, mais le Magistrat l'empécha par ses deffenses, disant que la Doctrine en étoit tres-pernicieuse. *Audivi ab Hollando quodam circa id tempus.*

Le Songe du Verger.

Somnium viridarij, est un fort bon Livre imprimé à Paris l'an 1516. *inquarto* en lettres gothiques, chez Galliot Dupré, il est intitulé : *Aureus de utraque potestate libellus, temporali scilicet & spirituali, ad hanc usque diem non visus*, somnium viridarij, *vulgariter nuncupatus, formam tenens Dialogi, ac jam diu Carolo Quinto Francorum Regi dedicatus.* Je ne l'ai jamais vû imprimé autrement, & je doute même s'il l'a été ; si ce n'est peut-être qu'on l'ait mis dans quelques Recüeils, comme dans le *Fasciculus rerum expetendarum*, ou bien dans les Recüeils de *Melchior Goldastus* Allemand. L'Auteur s'ap-

pelloit Charles de Louvier, qui
pour recompenſe de ſon travail
fut fait Conſeiller d'Etat par le
Roy Charles Cinq, dit le Sage.
Voyez l'Hiſtoire Genealogique
de M. de Sainte Marthe Tom. 1.
p. 485. Naudé addition à la vie
de Louis XI. p. 360.

***

PREVOTIUS étoit d'auprés
de Bâle, Profeſſeur en Medecine
à Padouë, clair & docte au poſſi-
ble. Il étoit fort ſuivi. Il épouſa
une pauvre fille pour ſon plaiſir,
& il eſt mort âgé de quarante-
huit ans; il a fait pluſieurs Livres tres-bons, & entr'autres un
appellé: *Defſinitiones morborum*, que
les étudians de Padouë tranſcri-
virent l'un à l'envi de l'autre.

***

BASSIANUS LAUDUS étoit un
Profeſſeur en Medecine à Padouë,

ui *desiderium hic reliquit.* Il étoit fort
il sçavant.

＊＊＊

VINCENTIUS NAIBANDUS
étoit Professeur en Mathematiques à Padoüe : il fut tué dans son
lit par des voleurs.

＊＊＊

PHAVORINUS ce grand
Philosophe natif d'Arles, qui vivoit à Rome du têms de l'Empereur Adrien, & duquel *Aulus Gel-*
lius fait souvent mension *in noctibus*
atticis ; cujus etiam meminit Philos-
tratus in sophisticis, étoit plus sçavant que Plutarque au dire de M.
Tarin, & si nous avions ses œuvres, Plutarque nous seroit su-
perflu. J'ai de la peine à le croire,
mais puisque M. Tarin est si sçavant, qu'il donne au public tout
ce qu'il sçait de lui, & la posterité
lui sera obligée. Voyez ce beau
Dilemme de Phavorin contre l'A-

ſtrologie Judiciaire, rapporté par
Mathieu dans l'Hiſtoire de Loüis
X I. p. 681. & Paſquier p. 758.

※※ ※※

Le nombre des Medecins en
France eſt ſi grand qu'il eſt plus
aiſé de rencontrer un Medecin
qu'un homme , comme diſoit autrefois Petronne à l'occaſion des
Dieux des Romains : il y a plus
de Medecins enFrance qu'il n'y a
de pommes en Normandie & de
Frati en Italie & en Eſpagne , &
ce qui eſt de plus à deplorer ,
c'eſt qu'ils ſont de francs igno-
rans. J'en connois un qui ne ſça-
chant ce que c'étoit que les premiers caracteres d'une Ordon-
nance , croyoit que *x* vouloit
dire 21. dragmes : cette extrême
ignorance vient des petites Uni-
verſirés qui diſpenſent les Reci-
piendaires mêmes de ſçavoir lire
les abreviations de nôtre Profeſ-

sion pourvû qu'ils ayent de l'argent ; on dit que celle de Rheims va susciter un procés à celle d'Angers, d'autant qu'elle fait meilleur marché de ses degrez Academiques avec un leger examen, peu de têms, & sans Theses ; aprés cela voila de belles gens pour avoir *jus vitæ & necis.*

✠✠✠✠

M. MORUS est natif de Castres en Languedoc si je ne trompe. Il parle bien & agreablement ; du reste je crois qu'on pourroit dire de lui ce qu'on a dit d'Origene : *Ubi bene, nemo melius, ubi male, nemo pejus.* Il aime fort sur tout les femmes, ce qui fait que je l'appelle Morus le feminin. Partout où il va il seme des enfans, à peu prés comme ce valet de Terence qui ne pouvant rien taire, disoit *plenus sum Rimarum,* je suis un panier percé ; celui-ci est de même à un autre égard.

❊❊❊

Le Livre de *Campanella* intitulé *Civitas solis*, est l'idée d'une Republique, telle qu'est l'*Atlantis de Verul.*

❊❊❊

Plusieurs hommes sçavans n'ont pas la facilité de s'exprimer en Latin comme ils voudroient, tels ont été *Fracastor* & *Sigonius* en Italie quoique *doctissimi.* On en dit autant de M. de Thou qui a fait une si belle Histoire en cinq volumes en Latin, & qui a été tres-sçavant. On dit que des Allemands & des Anglois l'ayant entendu chez lui parler si mal, *querebant Thuanum in Thuano*; & ne vouloient pas croire que ce fût lui qui eut faite cette belle Histoire. On en dit aujourd'hui autant de M. Rigaut & de M. de Saumaise, *quos nemo non novit eruditissimos & quasi sui saeculi phaenices,*

Si ce n'est le P. Petau *qui superbia tumens*, dit que M. de Saumaise n'est qu'un ignorant, & qu'un asne.

❧❧

CORNELIUS A LAPIDE étoit un Jesuite Flamand qui est mort à Rome l'an 1637. Il a commenté presque toute la sainte Ecriture; le Commentaire qu'il a fait sur les Epîtres de S. Paul est passable, le reste est peu de chose. Dans le Commentaire qu'il a fait sur l'Ecclesiaste part. 2. p. 223. sur ce Passage *Non des potestatem super te in vita tua, &c.* il blâme fort les Rois & les Princes qui se laissent gouverner. Je voudrois bien qu'il eut commenté Job.

❧❧

ANDRÆAS CÆSALPINUS étoit un Medecin Professeur de la Sapience à Rome, qui écrivoit fort bien & enseignoit fort mal.

✻✻✻

Bossulus étoit un sçavant
homme, fils d'un Moine de Saint
Denis. Il a enseigné à Paris avec
grande reputation; puis fut en
Espagne où il fut Precepteur du
fils aîné de Philippe second Dom
Carlos, que son Pere fit étrangler
l'an 1568. Etant revenu d'Espagne à Paris il acheta une Abbaye
en laquelle il fut tué par ses Moines. On dit qu'un Gentilhomme
nommé le Baron de Grice se las-
sant d'entendre Bossulus dans sa
Classe branla la tête & s'en alla :
les Ecoliers voyant cela le sifle-
rent ; dequoi ayant du depit, il
fit sur le champ ces deux Vers &
les envoya à Bossulus par le Por-
tier.

Bossule non abij doctâ cum mente do-
   ceres.
   Sed cum verba dares, Bossule tunc
   abij.

                              Bos-

Boſſulus lui répondit ſur l'heure
les deux Vers qui ſuivent,

Verba dedi fateor, tu nobis terga dediſti

Sit dare terga tuum, ſit dare verba meum.

Ce Baron de Grice s'appelloit
en ſon nom Loüis de la Foreſt,
Auvergnat. Grice eſt une petite
terre en Poitou. Il étoit fort ſçavant & brave de ſa perſonne ; il
fut tué durant la Ligue au ſervice
du Roy ; ſa Mere étoit de la Mai-
ſon de la Rocheposay. *Joſeph Scaliger ſcribit Gricæo ſuo. Epiſt.* 181. *lib.*
2. *p.* 280.

❊❊❊

Le Pape Clement VII. étoit
un grand mangeur de melons &
de champignons ; de ſorte qu'il
en devint fort incommodé de ſa
ſanté, mais tâchant de reparer
ces brêches & conſerver long-
têms ſa perſonne & ſon individu,
il prit un nouveau Medecin
B

nommé *Matheus Curtius*, qui lui
changea toute sa façon de vivre, & il mourut bientôt aprés.
Ceux de Rome le voyant mort,
& se réjoüissant bien fort de cette perte, firent faire le portrait
de ce Medecin, & mirent au des-
sous du tableau ces mots : *Ecce
Agnus Dei, ecce qui tollit peccata
mundi.* Comme s'il avoit été la
cause de sa mort.

***

POMPEIUS CAIIMVS étoit le
concurrent de *Cesar la Galla* à
Rome, puis fut appellé à Padoüe
avec quinze cens écus de gages,
petit homme, ennemi mortel de
Cremonin. Il étoit Professeur en
Medecine : *scripsit de calido innato;*
inquarto en 1616.

***

M. GASSENDI étoit un Pro-
vençal d'un merite infini, hon-

nête homme, sçavant dans les belles Lettres & dans la Philosophie des anciens; il étoit d'une complexion si delicate qu'il n'osoit boire de vin, ce qui fait que je lui appliquai ce Vers d'Ovide:

Vina fugit, gaudetque meris abstemius undis.

Il mourut *morte Philosophorum*, re- l'an 1656. gretié de tous les gens de bien. Voici une Epitaphe qui vient de M. Spon.

Gassendus moritur, sophia legent, ingemit orbis
Sponius in luctu est, solus olimpus ovat.

※※※

M. TARIN dont j'ai parlé ci-dessus est un abîme de science & un des sçavans hommes du monde; je n'ai jamais vû un tel prodige, il avoit été Precepteur de M. de Thou qui fut executé à Lyon l'an 1642.

Un Apotiquaire est selon moi,
*Animal benefaciens partes & lucrans
mirabiliter.*

*ULISSES ALDROUANDUS
mourut l'an 1605. non pas pauvre comme on dit, mais riche &
d'honneur & de biens & de reputation. Il est vrai qu'il avoit
fait de grandes dépenses en ses
voyages, & en faisant graver tant
de planches chez lui. Il laissa du
bien & son beau Cabinet à la
Ville de Bologne... à la charge
que ces Messieurs feroient ache-
ver l'Impression des Manuscrits qu'il leur laissoit, ce qu'ils
font tous les jours & mon-
trent aux curieux ce Cabinet à
Bologne. Il est beau par excel-
lence. *Ejus operum Catalogus tam
editorum quam edendorum & MS.
omnium amplissimum subjecit Joannes
Imperialis in suo Musao, cum icone &
Elogio authoris.*

❊❊❊

BRAGADIN étoit un impo-
steur, qui se vantoit d'avoir la
Pierre Philosophale ; son impo-
sture étant découverte le Duc de
Baviere le fit mourir l'an 1591.

❊❊❊

M. QUILLET est un Medecin de
Chinon, qui a quitté le païs, pour
avoir trop hardiment, mais veritablement parlé contre la posses-
sion des Religieuses de Loudun ;
c'étoient des maux de mere qui
renverserent la cervelle de ces
pauvres Filles , & qui firent
qu'elles s'imaginerent avoir le
Diable dans le corps. *Incidunt i.*
delyrium melancholicŭ, sentientes acu
leum carnis, & revera carneo reme.
dio indigent ad perfectam curationem
Car comme dit le Poëte *Cornelius*
Gallus :

Carnis ad officium carnea membra.
valent.

Il étoit Medecin du Marefchal d'Eftrées à Rome. Il a fait quantité de Vers Latins contre la pretenduë Poffeffion de ces Religieufes, & les a fait imprimer. Il en a fait auffi contre le Cardinal Mazarin, dans un Poëme intitulé *Læti Callipædia* Voyez *Menagiana*, tome 2. pag. 136. 137.

DANIEL L'ERMITE étoit né à Anvers. Il s'en alla voyager en Italie, où il fut Secretaire du Grand Duc. Il mourut de la Verole à Livourne l'an 1613. Cette maladie l'avoit dégoûté des Femmes entierement, mais il n'en valoit pas mieux pour cela.

Le Cardinal de RICHELIEU fe voyant en grand credit tant auprés du Roy qu'en Cour de Rome, voulut faire Cardinal fon frere le Chartreux appellé Dom Alphonfe, mais il ne put obtenir du Pape cette faveur qu'il n'eut promis d'envoyer à Rome la retractation de M. Edmond Richer Docteur de Sorbonne, par laquelle il foûmettoit au jugement du Pape fon Liv. de *Ecclefiaftica & politica poteftate*, fait en 1611. qui avoit tant caufé de trouble en Sorbonne pendant cette année. Le bon homme Richer refufa plufieurs fois de figner; mais le Cardinal abufant de l'autorité du Roy, lui dit que fa Majefté l'entendoit ainfi, finon qu'il faloit aller fur le champ à la Baftille. Le bon homme intimidé tout vieux & preft d'étre taillé, figna pour éviter les difgraces d'une prifon honteufe. Le Cardinal avoit deux hommes qui le fervirent beaucoup dans cette affaire; fçavoir le P. Jofeph Capucin, & M. Talon Docteur de Sorbonne,

Curé de S. Gervais qui pouravoir
les bonnes graces du Cardinal,
mena ce bon homme au Palais
Cardinal, fous pretexte que fon
Eminence le vouloit voir. Son
Livre *de Ecclef. & Polit. poteftate* a
été r'imprimé en 1650. *Hanc Ed-*
mundi Richerii declarationem à Car-
dinali extortam & coram Conftart &
Joulet Notarijs Parifienfibus in præfen-
tia Caroli Talon & Jofephi Capucini
ab eodem Richerio fubfignatam die 7.
Decembris anno 1629. Vide in appen-
dice ejus teftamenti editi Parifiis anno
1630. pag. 3. 4. cum alijs authoris tra-
Etatibus quos priùs ediderat an. 1622.
inquarto, contra And. Vallium Col-
legam fuum Sorbonicum.

AVICENNE eft un Auteur
qui n'a rien qui ne foit tiré des
autres: Les uns difent que c'étoit
un Prince, les autres un grand
Seigneur, d'autres un Philofophe.
Le P. Dubreüil Moine de S. Germain.

main dans sa Preface sur S. Isi-
dore, dit que: *Opus Medicum Avi-
cennæ*, n'est qu'une traduction en
Arabe d'un Livre de Médecine,
que ce Saint avoit fait; pour moi
je crois qu'il n'a jamais été Medecin; car il y a des opinions
tres-dangereuses: *de quo vide Apo-
logiam Renati Moreau in Brissotum
p. 13. & Petrum Castelanum in vitis
Medicorum p. 136.*

✠✠

LUCAS HOLSTENIUS est natif
de Hambourg fils d'un Teintu-
rier; il étoit autrefois Lutherien
puis s'est fait Catholique, *multa
scripsit edita & non edita.*

✠✠

CLAUDIUS PUTEANUS étoit un *Claude du*
Conseiller au Parlement de Paris *Puic*
homme d'honneur, & sçavant.
C'étoit le Pere des Messieurs Du-
puy Bibliothequaires du Roy, il

E

mourut de la pierre l'an 1594. *Morbo studiosis fatali correptus, in-genti calculorum strue velut rupe in renibus nata, quæ meatibus interclusis exspirationem subvertit.* Vide Thuan. *tom. 5. p. 457.*

※※※

M. SILHON en la p. 30. de sa grande Preface qu'il a mis au devant de son Livre de *l'Immor-salité de l'Ame*, qu'il a fait l'an 1634. impose bien des crimes aux Espagnols, & je crois ma foi qu'il dit vrai, mais je suis en peine de sçavoir ce qu'il entend par ces mots: *& ils sont soupçonnez de quel-que chose de pis, dont je ne veux point parler & que je ne veux pas croire.* On avoit interpreté ce passage de la sterilité de la Reine qu'on des accusoit d'avoir causée par des breuvages avant qu'elle par-tit d'Espagne; mais ayant eu des Enfans après vingt ans, cela ne peut plus être entendu ; il faut donc l'entendre d'autres crimes ; & pour preuve de cela , vous ne voyez autre chose que des Espagnols s'employer à balayer l'Eglise de Rome pour penitence de ces crimes.

※※ ※※

PICATRIS est le nom d'un Charlatan Espagnol, qui a écrit de la Magie il y a plus de deux cent ans, son Livre n'est que manuscrit , Agrippa s'en est servi.

※※ ※※

Les Turcs se connoissent à Rome par le Turban qu'ils portent sur la tête & par les cheveux rase. Le Cardinal Barberin en a à son service ; ils ne boivent pas de vin : mais si d'avanture quelqu'un d'eux se fait Chrêtien , ce qui arrive rarement , ils deviennent grands yvrognes. J'en ai vû un que l'on fit Jacobin pour le

E ij

faire jeûner à cause qu'il bûvoit trop. Je ne sçai si le remede n'êtoit pas pire que le mal.

POSTEL en son Livre *de orbis terræ Concordia*, fait grand état des Turcs & prise leur politique. Il est imprimé à Cologne.

∗∗∗

M. de VERDUN premier Président au Parlement de Paris, & qui auparavant l'avoit été à Toulouse avoit la bouche tortuë, & à cause de cela on disoit qu'il étoit si sçavant en Droit qu'il avoit la bouche faite en Paragraphe. M. Servin Avocat Genéral se moquant de lui, comme d'un homme qui faisoit trop le fanfaron & qui étoit grand bigot, commença un jour une Harangue au Parlement par ces mots: *Judex habens os distortum condemnabitur. Verduno apud Tholosates fama ingens, minus*

Lutetiæ nomen fuit per majus offi-
cium, quod mirandum! Omnium con-
sensu meruerat eam dignitatem ante-
quam obtineret, postquam obtinuit mi-
nus fama valuit. Gramondus in Hist.
Gall, lib. 1, p. 19.

❈❈

De tous les ouvrages de Lipse,
le meilleur est *de Constantia*, puis
ce qu'il a écrit de Politique.

❈❈

Je ne crois pas la guerison des
écroüelles impossible, car nous
voyons des Espagnols s'en retourner gueris de France par le seul
changement d'air, d'eau & de re-
gime de vie.

❈❈

PHLEGON TRALLIANUS *qui Im-*
peratoris Adriani fuit libertus a fait
un Livre *de mirabilibus,* traduit

E iij

par Xilander, & imprimé à Bâle
Grec & Latin *in octavo* l'an 1568.
c'est un pur Roman que ce Livre,
d'autant qu'il est tout tissu & composé de contes fabuleux & de faus-
ses narrations. Je mets en ce même
rang Albert le Grand *de natura
animalium* , & même le Livre d'E-
lien *de animalibus*.

⊁⊁ ⊁⊁

CALVIN étoit fort sçavant
homme, & merite de l'honneur
eo nomine, mais il a bien causé du
mal ; son ambition a pensé tout
renverser: *penè concussit orbem terrarū*.
Il étoit méchant & vindicatif; il fit
faire le procés à Michel Servet
Espagnol & le fit mourir cruellement au nom d'une Religion
Chrêtienne, & par des gens qui
font profession d'une mansuetude
Evangelique.

⊁⊁ ⊁⊁

FRANÇOIS DRACO étoit un
Drack

Capitaine Anglois qui a fait mer-
veillé fur mer. C'eft lui qui le premier aprés Sebaftien Cano Venitien entreprit de faire le tour de
la terre ; comme il a fait en deux
ans & huit mois étant parti le 13.
Decembre 1577. & étant de retour le 3. de Novembre 1580. Voici des Vers qui furent faits fur ce
voyage de Draco :

Plus ultrà, Herculis infcribas, Drace,
    columnis
    Et magno dicas Hercule major ero.
Et ces quatre autres :
Drace, pererrati quem novit terminus
    orbis
    Quemque fimul mundi vidit uterque
    polus.
Si taceant homines, facient te fidera
    notum
    Sol nefcit comitis non memor effe fui.
Voyez Camden. dans l'Hift. d'E-
lizab. p. 326.

ALEMANNUS qui a fait imprimer l'Histoire secrete de Procope, est un Bibliothequaire du Vatican : *in illa Arcana historia multa habentur adversus Justinianum.* Et neantmoins on en a beaucoup retranché en l'Edition qui s'est faite à Rome. Depuis on a tout ramassé, & a été envoyé par Holstenius en Hollande, ou l'on le va imprimer plus beau que jamais ; il y a bien des choses secretes contre Justinien & contre les adulteres & les impudicités de sa méchante femme Theodora. Il y a eu des modernes qui ont écrit pour la défense de Justinien contre ce Livre, comme un certain Anglois nommé Rivius par un *in douze* & M. Trivoire Professeur en Droit à Paris par un *in quarto* imprimé au même endroit l'an 1631. intitulé : *Trivorij observatio Apologetica adversus quosdam J. C. &*

Procopij Anecdota, & de vera Fran-
corum origine.

�

CARDAN avoüe que son fils
aîné avoit empoisonné sa femme ; d'autres disent qu'il fut pendu ; mais je ne l'ai point vû „ ce
malheur lui a donné lieu de com-
poser un Livre qui est intitulé :
de utilitate ex adversis capienda. On
dit qu'il est tres-beau.

ібжіні

Mademoiselle de G** Fille
d'Honneur de la Reine Anne
d'Autriche, fut chassée d'auprés
de cette Princesse, parce qu'on
l'accusa d'entretenir un commerce de galanterie avec un jeune
Seigneur de la Cour La suite de
cette intrigue lui fut funeste, car
elle se servit d'une Sage-fême qui
voulant lui procurer une avor-
tement la fit mourir. C'est sur

cette avanture qu'Hainaut a fait
ce Sonnet de l'*Avorton*.

Toy qui meurs avant que de naître,
Assemblage confus du néant & de l'être,
Triste Avorton, informe enfant,
Rebut du néant & de l'être

Toi que l'Amour fit par un crime,
Et que l'honneur défait par un crime à son tout
Funeste ouvrage de l'Amour,
De l'honneur funeste victime :

Laisse moi calmer mon ennui ,
Et du fond du néant où tu rentres aujourd'hui,
N'entretiens point l'horreur dont ma faute est
punie.
Deux tyrans opposés ont decidé ton sort,
L'Amour malgré l'honneur t'a fait donner la vie,
L'honneur malgré l'Amour t'a fait donner la mort.

BARANZANUS étoit un Sa-
voyard Barnabite de grand esprit,
& qui a prêché à Paris dans plusieurs Paroisses. Il demeuroit à la
Place-Maubert , & tâchoit d'in-
stituer un Convent de son Ordre.
Il étoit Novateur dans la Philo-

sophie d'Aristote, & intime ami
du Chancelier Bacon. Il étoit
grand Scholastique, Astrologue
& Diable en procés, esprit sublime & Metaphysique, hardi &
resolu : il mourut de la fiévre
l'an

※※※

L'embrasement du Mont-Vesuve est une chose étrange en la
nature & bien extraordinaire. Il
causa bien des maux en Italie en
l'an 1631. Il y avoit cent ans qu'il
n'avoit été vû. *Alzarius Crucius*
en a écrit ; *Santorellus*, *Naudæus*
Medecins, & autres sçavans ont
fait la même chose.

※※※

AUGUSTINUS NYPHUS SUESSA-
NUS étoit de Sueza au Royaume
de Naples. Il vivoit du têms de
Charles-quint : cet Empereur
l'ayant voulu voir alla chez lui :
Nyphus le fit entrer dans sa cham-

bre, où il n'y avoit qu'une chaife
fur laquelle il s'affit, difant à
l'Empereur qu'il étoit affez grand
Seigneur pour en faire apporter
une autre pour lui. *Nyphus* dit auffi
à Charles-Quint, je fuis Empereur des Lettres comme vous êtes
l'Empereur des Soldats. Il fut marié deux fois, & danfa tant à fes
fecondes nôces qu'il y prit la maladie dónt il mourut. *Auguftini*
Nyphi opufcula moralia edita funt Pa-
rifiis Apud Roletum le Duc. An. 1645.

OCELLUS LUCANUS étoit un
Philofophe de Calabre, *magna*
Græcia: il étoit de la Secte de Pi-
thagore. Nous avons un petit Livre de lui *inoctavo* Grec & Latin,
commenté par *Nozarolla*, qui eft
fort eftimé. Il eft le plus ancien
Philofophe que nous ayons, car
il vivoit avant Ariftote.

※※※

Le pretendu Roi Sebaſtien de Portugal duquel ont parlé M. de Thou & Pierre Mathieu, & qui paーrut à Veniſe l'an 1600. étoit un impoſteur, qui fut ſuſcité par les Portugais pour faire enrager le Roy d'Eſpagne. Il y a toûjours eu de ces impoſteurs en tous païs. Voyez l'Arreſt de Thoulouſe conーtre Martin-Guerre. Je penſe que ~~ce Gaza-Chriſt~~ qui ſe diſoit ici Roy d'Ethiopie en étoit un auſſi. Il mourut à Ruel prés de la Maiーſon du Cardinal de Richelieu l'an 1638. je ne trouve en toute ſon Hiーſtoire rien de meilleur que les quatre Vers qui furent faits ſur ſa mort :

> *Cy giſt le Roy d'Ethiopie,*
> *Soit original ou copie ;*
> *La mort a vuidé les debats,*
> *S'il fut Roy ou ne le fut pas.*

Le Pere Loüis-Jacob qui l'a vû

à Rome & frequenté particulierement., m'a assuré qu'il étoit veritablement Prince d'Ethiopie.

※※※

La vie de TYCHO-BRAHE' a
été composée par le bon M. Gaf-
sendi. Ce fut ce *Ticho-brahé* qui
dans le Traité qu'il fit de la Co-
mete l'an 1574. qui disparut à la
mort de Charles IX. aprés avoir
duré depuis le massacre de la S.
Barthelemi., a dit qu'en vertu de
cette étoille naîtroit vers le Nord
dans la Finlandie un Prince qui
ébranleroit l'Allemagne , & qui
disparoîtroit enfin l'an 1632. Voila
precisément Gustave Roy de Suede.

※※※

Le P. ADAM est un Jesuite
de Limosin qu'on a fait taire pour
avoir prêché à S. Paul contre S.
Augustin , au sortir d'un de ses
Sermons, la Reine Mere demanda

à un homme de sa Cour ce qu'il en pensoit; ce Seigneur répondit gentiment, que ce Pere l'avoit convaincu de l'opinion des Pre-Adamites; la Reine lui ayant demandé ce qu'il vouloit dire; c'est dit-il, que ce Sermon m'a fait voir clairement, qu'Adam n'est pas le premier homme du monde.

***

Le Sieur de la Peyrere a fait un Livre par lequel il prouve qu'Adam n'est pas le premier homme. *Prodiit liber anno* 1655. *Amstelodami inquarto.* Cet Autheur *profitebatur sectam Calvinisticam.* Il étoit Gentilhomme du Prince de Condé, Il pretend prouver dans son Livre qu'Adam n'a pas été le premier des hommes, mais seulement le premier entre les Juifs. Depuis il s'est retiré chez les Prêtres de l'Oratoire x aux Vertus sans changer d'habit. x au village de N. dame des Vertus pres Paris

❊✠❊

Duo funt animalia mendaciſſima,
Herboriſta & Chymiſta. J'en pourrois ajoûter un troiſiéme que je
ne vous dirai qu'à l'oreille.

❊✠❊

DANTE Poëte Italien a fait
trois Livres, du Paradis, du Purgatoire & de l'Enfer; qui ſont une
Satyre univerſelle ; où il drape
tout le monde : il avoit commencé ces Livres en Latin par ces
Vers.

Pallida regna canam fluido conter-
mina mundo.

Puis il changea d'avis & les fit
en Italien. Ils ſont traduits en
François & commentés. Il y a
inſeré des Hiſtoires qui ſont aſſez
difficiles à entendre. Il étoit né
à Florence l'an 1265. il fut chaſſé
de cette Ville environ l'an 1301.
Durant cet exil il étudia à Bologne

gne & vint auffi à Paris. Il a écrit
plufieurs autres Traités qui font
dénombrez dans les Eloges de
Papyre Maffon p. 19. Dante eut
trois femmes fucceflivement, &
n'a eu qu'un fils.

❦ ❦ ❦

PETRUS ARETINUS étoit de fon
premier métier un relieur de Livres, qui devint grand Poëte &
grand Orateur. Il fit grande fortune & devint tres-riche par les
prefens qu'on lui envoyoit, de
peur qu'il ne lui prit envie de
medire ; auffi étoit-il fort medi-
fant & d'une façon noire & pi-
quante. On dit qu'il étoit Athée,
fon Epitaphe femble le dire : *Cy
gît Pierre l'Aretin qui tant qu'il a
vêcu a medit de tout le monde, hor-
mis de Dieu duquel il n'a point parlé,
parcequ'il ne le connoiffoit point.*

C'étoit un efprit admirable
capable de tout, il faifoit le ma-

tin des Commentaires fur la Ge-
nefe, & l'aprés-diné il travailloit
à ces infames poftures qui portent fon nom. C'étoit un homme extrêmement débauché, &
on a dit de lui ce qu'on difoit autrefois d'Origene : *vbi benè , nemo*
melius , ubi malè , nemo pejus. Il
étoit ennemi juré de Nicolas
Xanco, qui fit cent Sonnets Italiens contre lui. Aretin n'avoit
pas beaucoup de fcience ; mais il
avoit un grand efprit, fi malin &
fi médifant qu'il fut furnommé
le fleau des Princes. Le Grand Turc
Soliman, le Pirate Barberouffe,
Charles-Quint, François premier & plufieurs autres Princes
lui donnoient penfion pour l'empécher de medire d'eux.

NICOLAUS DE LYRA étoit un
Juif qui fe converrit & fe fit Cordelier; c'eft de lui qu'on dit :

Nisi Lyra lyrasset, nemo in Biblia sal_taffet, parcequ'il a commenté tou-te la Bible. Il mourut l'an 1439. le Tombeau de *Nicolas de Lyra* a-vec son Epitaphe est dans le Cha-pitre des Cordeliers à Paris, en marbre, il étoit autrefois dans l'Eglise au bas du cœur. Il est mort le 13. Octobre l'an 1349. selon les Ephemerides Chronologiques du P. de S. Romuald Feüillent p. 464. du tome second.

***

Inter opera quæ circumferuntur no-mine Paracelsi; il y a un Traité in-titulé *de hominibus Adamicis.* Mais comme cette matiere est curieu-se, aussi est elle bien difficile & bien dangereuse; il n'appartient qu'à des gens sages & d'une gran-de moderation d'en écrire.

*** *Jean Della Casa*

JOANNES CASA Archevêque
F ij

de Benevent, avoit été Secretaire
du Pape. Il étoit fort vicieux,
comme il l'a montré par une de
ses pieces intitulée *Capitole del*
forno. Voyez ce qui en est dit *in*
confutatione fabulæ Burd. p. 360.

cioè della
volta

❦❦❦

CHALCONDILAS étoit Grec de
Païs & de Religion qui vint en
Italie: il étoit Athenien, il a é-
crit l'Histoire en Grec que Vige-
nere a mis en François.

❦❦❦

PETRUS MARTYR étoit un
Milanois Protonotaire du Pape.
Il a écrit un Livre intitulé: *Epi-*
stolæ de rebus Hispanicis, in folio. Il est
tres-bon, mais il n'est pas com-
mun. *Recusæ fuerunt Martyris Episto-*
læ an. 1670. *in Hollandia.*

❦❦❦

CONSTANTINOPLE fut prise

par les Turcs fur le dernier Empereur Chrêtien, qui s'appelloit
Conflantin l'an 1453. la feconde Fête de la Pentecôte. Un certain
Jefuite dit un jour en chaire que
Dieu avoit permis que cette Ville fut prife par les Turcs fur les
Grecs un des jours de la Fête du
Saint Efprit, pour les punir de ce
qu'ils ne vouloient pas mettre
entre leurs Articles de Foi la Pro-
ceffion du Saint Efprit. J'aimerois
mieux qu'il eut dit qu'à compter
d'aujourd'hui pareil jour de la
Fête de la Pentecôte de la pre-
fente année 1643. auquel nous
parlons, il y a cent quatre vingt
dix ans que par la prife de Conftantinople , les belles Lettres
ont commencé à fleurir en Europe.

※※

La Legende dorée eft une ef-
pece de Vie des Saints faite en
Latin par un P. Dominicain

nommé *Jean de Voragine*. *Melchior Canus* qui étoit un grand homme & un sçavant Dominiquain a fort desapprouvé cette Legende, disant qu'elle a été écrite par un homme *plumbei ingenij., ferrei pectoris, judicij nullius aut hebetis*. C'est un Livre plein de contes extravagants & ridicules. La Vie des Saints écrite par Ribadeneira n'est guere moins ridicule. M. Servien faisant l'Anagramme du nom de ce Pere : *Petrus Ribadeneira* l'appelloit *Petrus de Badineria*. Mais les Vies de quelques nouveaux Saints écrites par quelques modernes sont encore pires, témoin la Vie de Sœur Marie de l'Incarnation, faite par M. Duval & autres. *Melchior Canus* donne de bons avis dans son Livre second pour ôter cet abus de l'Eglise dont les Protestans se mocquent & abusent.

Il seroit à souhaiter que les Arts & les Sciences eussent chacun un bon Auteur pour les éclaircir, tel qu'est ce *Melchior Canus* sur la Theologie; mais je ne vois pas qu'aucun approche du dessein de ce grand Personage.

※※※

C'est une chose ridicule que les demandes qu'on fit à une Demoniaque nommé *Adriane du Fresne*, qui étoit une fille de par de là Amiens, qui vint à Paris l'an 1604. Les sottes & scandaleuses questions qu'on lui fit sont décrites dans le 5. Volume de l'Hist. de M. de Thou p. 1136. & suivantes. Cela n'est-il pas plaisant de vouloir découvrir des veritez cachées par le moyen de la revelation du Diable qui est le pere du mensonge ?

※※※

L'Ambassadeur de Portugal qui étoit à Paris l'an 1641. après beaucoup de soin trouva un hom-

me qui reſſembloit en beaucoup
de choſes à ſon nouveau Roy Jean
I V. il en fit faire le portrait & le
preſenta au Cardinal de Richelieu, qui l'ayant bien conſideré
ſans dire mot ; laiſſa enfin échap-
per de ſa bouche : voilà le portrait d'un homme qui ſera quelque jour pendu. Je penſe qu'il
vouloit dire par-là que l'Eſpagnol
venant un jour à attraper ce nouveau Roy, le feroit pendre.

FRANCISCUS SANCHEZ étoit un
Medecin Portuguais habitué à
Touloufe. Il étoit Chrêtien & né
de parens Juifs, il avoit beaucoup
d'eſprit & étoit grand Philoſophe. Son Livret *quod nihil ſcitur*,
eſt fort beau. Son Traité *de Divinatione per inſomnia* vaut ſon pe-
ſant d'or. Il a fait auſſi un Livre
Eſpagnol *de la Methode univerſelle
des Sciences* qui eſt fort docte. Il
eſt

est mort à Toulouse âgé de soixante & dix ans l'an 1632.

✠✠✠

La providence des Moines & sur tout des Mendiants, ce sont les femmes. Ces bons Peres ont bien des obligations à ce bon & pieux sexe feminin. ✱

✠✠✠

Il paroist un Livre intitulé: *Observations de Charles Labbé, pour la restitution du livre* de Imitatione Christi *à son vrai Auteur M. Jean Gerson, Chancelier de l'Eglise & Université de Paris*, dont le Privilege a été par lui obtenu le 12. Septembre 1654. Il y a quantité de choses tres-curieuses concernant l'Auteur & les Editions de ce Livre.

✠✠✠

THOMAS ERASTUS est un Medecin du Palatinat, grand esprit

G

& auſſi habile dans la Theologie
que dans la Medecine. Il a écrit
contre Paracelſe : mais il reſte encore bien des choſes à faire : il
faudroit dans la Medecine faire
le procés à toute la Pharmacie ,
comme *Melchior Canus* l'a fait aux
Vies des Saints, où il y a des fables.   ☙   ❈❈

M. de SAUMAISE étoit fils d'un
Conſeiller au Parlement de Di-
jon. Il donna bien du chagrin à
ſon Pere quand il ſe fit Calviniſte;
il s'étoit retiré depuis long-têms
à Leyden. Il eſt mort aux eaux de
Spa ce mois de Septembre 1653.
Voici des Vers ſur ſa mort :

Ingens exigua jacet hac ſub mole ſe-
    pultus

Aſſertor Regum, numinis atque Pugil
inivit Spade vitam Salmaſius hoſpes,
Trajectum cineres oſſaque triſte tenet
Quod mortale fuit , periit : pars altera
    Cælis

Reddita, fit major , doctior eſſe nequit.

✠✠✠

M. VALOT est premier Mede-cin du Roy. Dieu veüille qu'il ne donne pas à ce Prince , dont la vie est si chere à toute la France , du Vin Emetique. Il en donna à *Gargan* Intendant des Finances , qui mourut d'en avoir pris, depuis ce têms-là on l'appelle *Gargantua*

✠✠✠

Le bon-homme M· de la Mo-the le Vayer s'est marié dans un âge fort avancé. Il a voulu per-dre la vie par l'endroit qui la lui avoit donnée : on peut dire de lui ce que Paul Jove a dit de Ma-nard :

In fovea qui te moriturum dixit ha-
ruspex
Non mentitus erat , conjugis illa fuit.

✠✠✠

M. De Noyers Secretaire d'E-
G ij

tat, qui avoit les affaires de la Guerre, fut disgracié & congedié le Vendredi 10. d'Avril 1643. à neuf heures du soir par Loüis XIII. auquel beaucoup de choses avoient été dites de ce Secretaire. S'il n'eut été disgracié les Jesuites eussent obtenu le lendemain au Conseil Privé l'Arrest d'associa-tion à l'Université de Paris, &c.

※※※

Le vrai Auteur du *Mars Galli-cus* est *Cornelius Jansenius* Evêque d'Ypres en Flandres. Celui du *Petrus Aurélius*, est *Ioannes Vergerius Auranus*, dit autrement, l'Abbé de Saint Cyran. Celui de l'*Optatus Gallus*, est M. Hersan Prêtre Pa-risien & celebre Predicateur. L'Auteur legitime des trois Trai-tés qui ont été faits & imprimez à Paris l'an 1643. pour la deffence de l'Université contre les Jesuites, sous le nom d'Apologie & Veri-

tez Academiques, eſt un brave
garçon Picard, fils d'un Chirurgien, enfant de Beauvais nommé
Godefroi Hermant Bachelier de
Sorbonne âgé de vingt-deux ans.
Voila de beaux fruits pour un
premier commencement, s'il va
juſqu'en l'automne de ſon âge,
il en pourra produire de merveil-
leux. Le vrai Auteur des mille
Vers qui eſt une Satyre tres-vio-
lente contre le Cardinal de Richelieu & ſes adherans faite l'an
1636. laquelle commence ainſi :

Peuples élevez des Autels,

Au plus éminent des mortels,

eſt ſelon quelques-uns M. Faverau Conſeiller en la Cour des Ai-
des qui mourut l'an 1638. d'autres
diſent que c'eſt M. d'Eſtelan fils
du Marêchal de S. Luc, mais il
n'eſt pas vrai. Je vous prie de
croire que c'eſt ce M. Favereau,
qui de peur d'en être ſoupçonné
l'Auteur, fit en même têms im-

G iij

primer un Poëme Latin à l'honneur du Cardinal de Richelieu.
Ce M. Faverau étoit un bon &
sçavant Poëte & fort honnête
homme , qui haïssoit horriblement le Cardinal.

✠✠✠

Dans le Poëme de Baudin p.
206. il y a une Epigramme sous
ce titre : *In tres juris perversores*, il
faut entendre par là les Seguiers
trois Freres que Baudin haïssoit.
Le second qui a pour titre : *In
famosum Rabulam* est M. Galand
l'aîné Avocat , qui pour quelque
argent avoir fait emprisonner
Baudin pag. 209.

✠✠✠

Rei non factæ narratio , est une
Histoire qui arriva chez M. de
Sourdis Pere de l'Archevêque de
Bordeaux , d'un petit Page qui
pensoit être gros. Le Medecin

étoit M. Hautin ; ce même fait est décrit dans Rapin pag. 222. *in Typhanum.*

JACQUES VI. Roy d'Angleterre & d'Écosse, étoit un homme pacifique, mais débauché & pedant. Casaubon a fait un Livret contre lui, où il en a dit d'étranges choses, en quoi il a manqué ; car il faut parler sobrement des têtes Couronnées même aprés leur mort. Il ajoûte que l'humeur de ce Roy fut cause que la conduite de la Reine, qui étoit fille du Roy de Dannemark ne fut pas tout à fait reguliere. Le Livret en question est intitulé : *Corona Regia.*

JASON MAINUS étoit un Professeur de Droit à Pavie, il joüit pendant sa vie d'une grande reputation ; il pouvoit dire avec Martial :

.... *dedisti*
Viventi decus atque sentienti.

Loüis XII. assista à une de ses
Leçons ; *Mainus* l'alla prendre à
son Palais vêtu d'une robe d'or,
& l'accompagna jusqu'aux Eco-
les ; là le Roy fit entrer *Mainus*
le premier, en lui disant que dans
ces lieux la puissance des Professeurs étoit plus grande que celle
des Rois. Ce *Mainus* étoit né
l'an 1435.

⋈⋈

ASCLEPIADE disoit que le de-
voir de l'excellent Medecin étoit
de guerir les malades, *tutò, celeriter*
& *jucundè*. Nos Antimoniaux
vous envoyent en l'autre monde, *tutò & celeriter*. Quelle diffe-
rence entre Medecins & Medecins !

⋈⋈

Il n'y a pas de signes bien assu-
rez que le Diable soit en un corps

s'il ne produit des choſes toute ſurnaturelles. Le Rituel Romain a donné trois marques que l'ancienne Egliſe a voulu être gardées touchant la diſtinction qu'il faut faire de ceux qui ſont vraiment & reellement poſſedez d'avec ceux qui ne le ſont pas ; ces trois ſignes ſont : 1. *Si linguis loquantur novis.* 2. *Si revelent ſecreta cordis*, 3. *Si moveatur corpus ſupra vires natura.* Il eſt vrai que ces trois choſes ſont bien étranges, mais encore ne ſuffiſent elles pas, *quamvis latentis Dæmonis ſint ſigna æquivoca.* Joint que je ne puis entendre ni comprendre comment le Diable peut ſçavoir ce qu'un homme a dans le cœur, il n'y a que Dieu qui ſçache cela. Ces frequentes poſſeſſions ſont autant de fourberies : ce ſont des maux de Matrice , des Demons de chair qui ſe remuent , & qui prennent ces pauvres filles à la gorge.

✳✳

GEORGIUS SCHARPIUS Ecoſſois,
Profeſſeur & Vice-Chancelier à
Montpelier ayant été appellé l'an
1632. y mourut d'une inflamma-
tion de poulmon 4. *morbi die* le 59.
an de ſon âge, le 24. d'Aouſt fête
de S. Barthelemi jour de ſa naiſ-
ſance l'an 1637. Il étoit grand
yvrogne, & il n'eſt mort que de
trop boire. *Erat doctor Logicus in
Medecina*, grand Cathedrant, mais
il parloit fort mal Latin & étoit
auſſi fort mauvais Medecin, &
qui n'avoit preſque jamais vû de
malades. Il ne ſaignoit guéres,
donnoit du vin à tous les malades
& ordonnoit force tablettes de
Diacarthanum & de tous les mauvais remedes. Lui même s'en eſt
rendu fort mauvais marchand &
s'en eſt tué auſſi.

✳✳

De tous les Hiſtoriens qui nous

ont écrit l'Histoire de quelque
païs dans l'Europe depuis soixante ans, j'en tiens pour le chef
& le meilleur de tous M. le President de Thou : *qui horrida qua-*
dam sed fœlici libertate, a repris &
décrié le vice en quelque ordre ,
quelque païs, quelque parti, &
quelque personne en qui il s'est
rencontré. C'est ce qui l'a fait ai-
mer de tous les honnêtes gens,
qui sont hors d'interest. Aprés
M. de Thou le meilleur Historien,
est ce me semble *Famianus Strada*
Jesuite ; son Histoire est fort cu-
rieuse & fort reglée ; je voudrois
bien qu'il nous eut donné le second tome aussi beau que nous
avons le premier : *in quo perficiendo*
viginti annos totos insumpsit. C'est
un fort bon homme & qui écrit
d'un bon stile ; c'est dommage
qu'il soit Jesuite le pauvre homme. Gaspard Scioppius qui hait
les Jesuites, dit que ce Livre est

de mauvais Latin , & en a fait un
contre-Strada qu'il intitula : *in-famia famiani Strada*. *Famianus
Strada* m'a dit à moi, qu'il étoit
tres-difficile d'être parfait Historien même impossible : que pour
être bon Historien , il faudroit
n'être ni d'ordre , ni de parti , ni
d'aucun pays , ni d'aucune Religion s'y faire se pouvoit.

SCALIGER le Pere étoit un
homme d'un fort grand esprit ,
qui toute sa vie étudia rudement
& s'aquit grande erudition. Etant
jeune il se fit Cordelier n'ayant
pas de bien pour vivre & là con-
tinua de bien étudier, puis se de-
froqua & s'avisa de la fourberie
dont il empauma toute l'Europe,
sçavoir de sa famille,& qu'il étoit
descendu des Princes de Veron-
ne qui portoient le même nom
de Scaliger. Pour se mieux cacher

il vint en France ou il écrivit
contre Cardan un fort bel Ouvrage , mais dans lequel il faut
remarquer que toutes les expe-
riences qu'il rapporte de lui , &
qu'il dit avoir faites tant de l'Hiftoire naturelle, que de la Guerre
ou de la Medecine font toutes
fauffes : car il les a controuvées
exprés & non à autre fin que
pour en déguiser fa baffe naiffance & fon Monachat qui lui dé-
plaifoit à caufe qu'il étoit fort
ambitieux.

※ ※

Tout ce qu'on dit de ce Chanoine de Paris , qui quelques
jours aprés fa mort fortit de fon
cercüeil & s'écria en pleine E-
glife : *Jufto Dei judicio condemnatus
fum* , eft une pure fable. Les Chartreux ont écrit que cette Hiftoire avoit été caufe de la retraite
du monde que fit enfuite leur Patriarche S. Bruno. Un certain Cæ-

farius Flamand grand conteur de
fornettes & de fables fpirituelles
a écrit cela pour une vraye Hiftoire dans fon Livre des Miracles. *Vide Pap. Maff. lib. 3. pag. 223.*
ils difent que cela arriva du têms
de S. Bernard, il y a environ fix
cent ans.

▶▶◀◀

L'affaire de Loudun étoit une
fourberie cachée du 7.... Son def-
fein étoit de perdre le pauvre
Grandier Curé de cette Ville, &
les Religieufes furent les Miniftres
de la paffion de ce Miniftre.

▶▶◀◀

JURANSSON eft à demie lieüe
de Pau en Bearn. Le Vin de Ju-
ranffon eft un des meilleurs & des
plus forts Vins de France. Ceft
une eau de vie & vin tout enfemble mais fort doux, blanc &
fort bon. Ce pays-là abonde en
phtifies, en fecherefles, en altera-

e
s
-
-
l.
s
c

tions de poulmons & maladies de
confomption : tous les malades de ·
ce pays-là ne font autre chofe.
C'eft une fletriffure de poulmon
à nimiâ ficcitate. Les Anglois, les
Provençaux & les Portugais font
fujets à ce mal, tant à caufe de
certains vents malins, qu'à caufe
de leur mauvaisregime & intem-
perée façon de vivre.

****

ADRIANUS FINUS étoit un
Prétre de Ferrare, fort fçavant,
qui a fait un fort bon Livre contre les Juifs *adverfus Habreos, five
flagellum Judæorum,* inquarto.

****

J'ai connu ici trois Allemands
qui parloient & écrivoient fi pu-
rement François que vous ne les
euffiez jamais pris pour étrangers.
M. ~~Berthel~~ *de Bouffel* en étoit un, il étoit
ici agent du Prince d'Anhalt, il
devint amoureux de Madame
Deflogés. *qui en toutg les lettreg qu'il eſcrivoit a
feu mon pere ſe vioque que la celebre chil-
ſco lega, fille deſne Drunau, fa ſille :
Appelvoïtur ſe leloga qfacit d'Anne Drunan
femme Pierre Boringan pere et aureube
premier, a yeu du Marquis de Boriggar*

✠✠✠

Le Cardinal PETRUS BEMBUS *Bembo* qui avoit été Secretaire du Pape Leon X. mourut d'un froiſſement de jambe, âgé de ſoixante & dix-ſept ans l'an 1547. qui eſt la mé-me année que mourut François premier Roy de France.

✠✠✠

REDEMPTUS BARANZANUS étoit natif de Verceil en Pied-mont, Clerc Regulier de S. Paul, autrement Barnabite ; il étoit grand Philoſophe. On a imprimé deux Livres de lui ſçavoir *Campus logicus & novæ opiniones Phyſicæ*. Il a prêché pluſieurs fois à S. Se-verin à Paris. Il étoit grand Ma-thematicien, grand Chymiſte & grand Novateur, capable d'écrire contre Ariſtote & les plus grands eſprits de l'antiquité. Il eſt mort à Montargis où ils ont une Mai-ſon ,

son : il avoit fait & contracté une
amitié tres-particulier avec Bacon Chancelier d'Angleterre. Il
est mort l'an 1613. âgé de 33. ans.

❦❦❦

L'Histoire naturelle de PLINE
est un des plus beaux Livres du
monde. C'est un Original en sa
perfection ; les plus grands hommes & les plus sçavants l'ont
toûjours loüé par dessus la plûpart des autres livres ; & de fait
il ne cede guere qu'à deux , sçavoir, à Aristote & à Plutarque.
Pline a été plus fin & plus sçavant
que beaucoup d'autres , il s'est
sagement moqué des sottises dont
le monde étoit mené par le nez
dans ce téms-là. Il ne s'est point
flatté, il s'est arrêté au solide &n'a
point flatté sa côdition sentant fort
bien & la foiblesse & le malheur
de la nature humaine ; il n'y a
que les sots qui font état de ce
qu'il a méprisé ou negligé. Qui-

H

conque fçaura Pline fera tres-
fçavant, & j'aimerois mieux le
fçavoir que ce qu'ont fait trois ou
quatre grands Jefuites : Suarez,
Sanchez, Vafquez, &c.

❈❈❈

GEORGE BASTA étoit un Ca-
pitaine fort renommé, il étoit
originaire de l'Epire ; quoi qu'il
fut né dans la Rocca prés de Ta-
rente, il vivoit encore vers l'an
1605. Les Venitiens firent imprimer fon *Maeftro di Campo generale*
prefque dans ce têms-là ; & l'on
a imprimé fon *Governo della Ca-*
valleria leggiera à Francfort en
1612.

❈❈❈

MICHEL SERVET Efpagnol fut
prymò Medecin, Geographe habile. Il a travaillé fur Ptolomée.
Son Livre *de Trinitate*, eft fi rare
que je ne l'ai jamais rencontré
ni pû avoir. Il propofa dans Ge-

ncve une nouvelle opinion touchant la Trinité, contre laquelle
Calvin se banda si fort qu'il lui
fit faire son procés à Geneve l'an
1553. Ce Calvin étoit furieux &
enragé. Voyez Sleidan pag. 749.
*Hic Servetus erat Arragonensis Hispa-
nus. Varia ejus opera annis 1531. &
1532. edita. Vide Spondanum ad an.
1531. num. 6. & ad ann. 1533. num.
14. De ejus doctrina, &c. Vide l'Historia del Concilio Tridentino di Pietro
Soave ad an. 1554.* M. Delavau
Medecin de Poitiers a une cin-
quantaine de Lettres écrites à
son Pere par Servet dans le têms
qu'il étoit en Dauphiné. Scaliger
dit les avoir veuës. *Servetus cum
esset annorum 25. summum se orbis Pro-
phetam jactabat. Scripsit libros sep-
tem de erroribus Trinitatis, in quibus
docuit nullam esse in Deo realem ge-
nerationem nec personalem distinctio-
nem: non debere homines baptizari nisi
30. ann. tandem anno 1555. à Calvi-*

no ipso igni traditus est. Bellarm. in
Chronologia p. 591.

❦❦❦

GUILLAUME DUVAL étoit un
Normand fort bon homme ; c'é-
toit un de nos anciens Docteurs
Medecins ; il disoit que pour se
sauver il falloit être Normand ;
& quand on lui demandoit pour
quelle raison : c'est , disoit-il ,
parcequ'il faut se dedire de ses
pechez.

❦❦❦

Les Jesuites sont si fins & si ru-
sez que l'Evêque de Bellay qui
étoit un esprit incomparable ,
disoit qu'ils étoient logez au
Cap de Fines-terre, comme é-
tant les plus fins de la terre.

❦❦❦

M. NAUDE' qui est revenu
d'Italie Samedi 10. Mars 1642. m'a
dit, qu'il avoit vû *Famianus*

Strada, & qu'il l'avoit laiſſé à
Rome, Dieu merci en bonne ſanté, qu'il avoit apris de lui même
que ſon ſecond Tome étoit achevé & preſt d'être mis ſous la
preſſe, mais que le Libraire qui
en veut entreprendre l'impreſſion ne lui en offroit que quarente exemplaires au lieu qu'il
en vouloit avoir plus de cent pour
en donner à ſes amis. Il m'a dit
qu'il voudroit bien que le Duc de
Parme fit imprimer ſon Livre à
ſes dépens, mais cela n'eſt pas
encore arrêté. Toutefois m'a-t-il
dit, comme il y a cinq mois que
je ſuis ſorti de Rome, peut-être
qu'il eſt maintenant plus d'amoi-
tié imprimé.

❦❦

Tous les Huguenots de l'Europe s'accorderont quelques jours,
enſemble, & feront une revolte
generale *nomine Religionis*, princi-

palement quand ils pourront a-
voir pour chef quelque Prince
de bonne Maison ou quelque
Conquerant de reputation , tel
qu'a été le Roy de Suede. Si jamais ces gens-là peuvent gagner
le dessus ils ne nous épargneront
pas ; ils nous traiterons rudement
& tout autrement que nous ne
leur faisons ; ils ne nous laisserons
pas la liberté de la Messe, comme
nous leurs laissons le Prêche. Les
Huguenots sont dangereux politiques, insolens & impitoyables,
comme ils l'ont montré depuis
peu en Angleterre , & autrefois
en France durant les troubles de
Loüis de Bourbon, Prince de
Condé vers l'an 1562.

✠ ✠

ÆMILIUS PARISANUS est
mort à Venise l'an 1643. C'est celui que M. Riolan a si rudement
traité en son Anatomie, lorsqu'il

parle des Anatomiftes, & où il juge de tous les modernes qui en ont écrit.

※ ※

Celui qui a dit que le faux Prophete Mahomet qui vivoit il y a plus de mil ans, avoit été Cardinal de l'Eglife Romaine, & que pour le mecontentement qu'il eut de n'avoir pas été fait Pape, il fit cette nouvelle Secte de Religion qui est aujourd'hui fi puiffante en Orient, a dit une pure fable, & cela ne fut jamais. J'ai oüi dire que cela eft dans *Benevenutus*, mais je l'ai jamais lû ni vû.

※ ※

ROBERTUS FLUD étoit un Medecin Anglois qui étoit Mathematicien, Chymifte & libertin, ou tout au moins bien empéché en fa croyance ; ceux qui le connoifloient un peu & mal, le prenoient pour un athée, mais il ne l'étoit point. Platon dit que jamais homme ne mourut athée, mais au moins y a t'il bien des gens au monde qui vivent en A-thées, & comme s'il n'y avoit point de Dieu en la nature. De-quoi se trouvent plusieurs exem-ples chez les Princes, parmi les Grands, les Politiques & Gens d'Etat, les hommes de guerre, les partisans & hommes d'argent.

AVERROËS étoit un grand Philosophe Peripateticien, Ma-hometan, mais qui n'avoit gueres l'esprit chargé des scrupules de cette Secte impertinente & sotte Religion. Cet homme étoit sim-plement Deïste & attaché à la connoissance d'un principe sans autre recherche. Il s'est écrié contre les diverses opinions de l'Immortalité de l'Ame, & a dit *moriatur anima mea morte Philosa-phorum :*

phorum: ne fçachant qu'en croire, voyant qu'il n'y trouvoit point de raifon. Il fut tué d'une rouë de charette qui l'ecrafa par hazard dans la ruë. Il vivoit l'an 1170. environ cent ans avant Albert le Grand.

⋈⋈⋈

M. BIGNON Avocat Ge- neral a dit quelque part que M. Grotius lui avoit dit & avoüé que s'il changeoit de Religion il vou- droit fe faire Juif. Mais je n'en- tens point ce difcours de M. Gro- tius. Pourquoi croire à Moyfe plûtôt qu'à JESUS-CHRIST? Per- fonne n'a pû trouver rien à redire contre JESUS-CHRIST. Contre Moyfe il s'en peut trouver, quoi- que mal à propos; en toute la vie de N. S. J. C. il n'y a rien que de beau & de bon. Les Turcs même qui ne le tiennent pas pour un Dieu en font état comme d'un grand & faint Perfonnage.

I.

Les Legislateurs ont été les plus fins de tous les hommes. Si Charron qui a fait *la Sagesse* eut été-là, il eut été aussi rusé que pas un. Vous ne trouvez pas quantité de finesse dans Seneque & dans Plutarque : ces Aut eurs judicieux cachoient leur secret, il y en a davantage dans Tite-live, dans Polybe, dans Lucien : *Detur hæc venia antiquitati*, dit Tite-live, *ut miscendo humana divinis primordia urbium Augustiora faciat*. Les Etats se conservent par deux choses bien administrées : *pœna & præmio*.

THOMAS DE VIO CAJETANUS qui a commenté la Somme de S. Thomas étoit un fin & rusé Jacobin. Il vivoit du têms de Luther. *Cajetanus* enseigna la Philosophie publiquement, & eut pour audireur Pomponace, *quem veneno suo infecerat, quique postea multos alios infecit.*

❧❧❧

L'Histoire du Concile de Trente tant en Latin, Italien qu'en François est un des beaux, des bons, & des plus accomplis Livres qui soit au monde. *Fra Paolo Servite* le fit à Venise sur les Memoires qui lui furent données par ordre du Senat, de tous leurs Ambassadeurs & Deputés qui avoient assisté à ce Concile. Je ne pense pas qu'il y ait au monde un Livre mieux fait & plus parfait. Ceux de Rome ont eu bien du depit de cette seconde edition, mais ils n'en sont pas les maîtres, ils ne le feront jamais supprimer. Ils ont fait ce qu'ils ont pû pour le faire refuter par un habile homme, mais ils n'en ont pû trouver qui l'ait voulu entreprendre.

❊❊❊

FRANÇOIS RABELAIS étoit un Roger bon têms, qui ne demandoit qu'à boire & à rire : *Sibi soli canebat & gaudebat de Papatu vita & bona valetudinis*. Il a bien dit en son Livre de vilains mots qu'il avoit peut-être appris au cabaret ou dans les autres lieux qu'il frequentoit. Il avoit été Cordelier. Il a bien imité quelques anciens en diverses pensées. Comme Aristophane & Lucien, il en a pris aussi de Merlin Cocaïs, de Pogge Florentin, & d'Erasme.

❊❊❊

GABRIEL NAUDE' est né à Paris l'an 1600. le premier de Février : nous avons commencé d'être bons amis l'an 1620. En 1622. nous prenions ensemble des Leçons de Medecine sous M. Moreau. En 1624. il fit un voyage en Italie, au retour duquel il fit imprimer son Apologie pour les grands Personnages faussement soupçonnez de Magie, puis s'en alla à Rome l'an 1630. sur la fin de l'année avec le Cardinal Bagny où il a été douze ans. Il revint à Paris en 1642. & fut fait Bibliothequaire du Cardinal Mazarin.

L'Abbé MONDIN est Piedmontois. Il a été autrefois Precepteur en Piedmont, presentement il a une bonne Abbaye & d'autres bons Benefices, il est même Chanoine de Nôtre-Dame: c'est un homme qui est fin & rusé, qui se connoît à tout, grand Mercadan à troquer, acheter, vendre & revendre. Il est attaché au Cardinal Mazarin, *totusque pendet ab ejus fortuna.*

Bernardinus Telesi.

※ ※

BERNARDINUS TELESIUS étoit un Gentil-homme de Cozence *in Regno Neapolitano.* C'étoit un Novateur qui a écrit une nouvelle Philofophie contre les principes d'Ariftote *in folio*, imprimée à Naples. Il étoit homme d'efprit. Il eft mort en Italie depuis peu *hoc anno* 1649.

※ ※

Si j'avois à choifir de toutes les Sectes des anciens Philofophes, & que je fuffe obligé de me déclarer, je prendrois celle d'Ariftote qui a fait les Peripateticiens. Ce font les plus honnétes gens, qui ont le plus approché de la vertu, & qui ne fe font pas arrétez à des fottifes comme les autres. Ils ne veulent point être trompez, & ne croyent que ce qu'ils voyent. Voyez M. Rioland le

Pere qui dit souvent : *Riolanus est Peripateticus , ea tantum credit quæ videt.* Ces gens-là ont plus de certitude & de principes que les autres ; ils n'admettent point de Diables , de Miracles & de Sorcelleries ; ils admettent & reconnoissent les richesses , comme moyens tous bons & legitimes pour parvenir au souverain bien ; ils font profession de sçavoir tout ce que l'esprit humain peut comprendre naturellement , sans y mêler de revelation , ni de miracles & autres choses extraordinaires & cabalistes qu'on a persuadées au monde, qui s'est laissé coiffer & brider tant il est sot.

Le Livre de M. de Saumaise fait pour la défense du Roy d'Angleterre s'imprime à Leyden en François & en Latin. Cette Apologie pour un Roy à qui ses su-

jets ont coupé la tête eft un fu-
jet bien chatoüilleux, & qui ne
plaira pas à tout le monde. Les
Anglois qui font les plus mé-
chants, les plus cruels, & les plus
perfides pretendent être appuyez
du droit, de la Religion & des
Loix de la Politique, mais *Reli-*
gio non fert parricidas, Ecclefia nefcit
fanguinem. La politique la plus
rafinée ne va point jufques-là que
de punir les Rois comme les autres malfaicteurs par la main du
Bourreau. Le grand Pere de ce
Roy fut étranglé par les Puritains
d'Ecoffe; fa grand Mere Marie
Stuard eut la tête coupée enAn-
gleterre l'an 1587. par le commandement de la Reine Eliza-
beth. Un Jâques Roy d'Ecoffe duquel ils font defcendus de pere
en fils fut tué à la chaffe par fes
fujets qui lui vouloient du mal &
le haiffoient jufqu'à fon nez parcequ'il étoit camus : c'étoit à ce

propos & de ce Roy d'Ecoſſe même que Joſeph Scaliger diſoien
raillant & montrant ſon nez
Naſus eſt honeſtamentum faciei. Moi
qui hais naturellement les Anglois, je ne penſe qu'avec horreur à cette Nation. *Hoc mihi ſunt*
inter homines Angli , quod ſunt inter
Brutas animantes lupi.

❦❦❦

Le meilleur Livre qu'ait fait
Cardan eſt celui *de Sapientiâ ;* &
aprés c'eſt celui *de utilitate ex ad-*
verſis capiendâ. Cardan faiſoit de
beaux ouvrages quand il vouloit
tout de bon travailler & employer tout ſon eſprit. *Interdum*
quoque deliravit & minuſquam puer
ſapere viſus eſt.

❦❦❦

Aloisius Navarrinus eſt
mort en Italie depuis peu ; & en
France, M. de Vaugelas ; M. Au-

bert du College de Laon, & le
Pere Dan Miniſtre ou Superieur
des Mathurins de Fontainebleau.
La mort enfin attrape tout le
monde.

※※※

JULIANA MORELLA étoit de
Barcelonne. Elle vit encore Re-
ligieuſe à Avignon: ſon Pere étoit
à Lyon environ l'an 1609, qui avoit
quant & ſoi cette fille belle &gen-
tille âgée de dix-ſept ans. Elle
alloit diſputer avec ſon habit de
Cordeliere & ſon grand Chapeau
au College des Jeſuites. Le Pere
étoit hors de ſon pays pour un
meurtre qu'il avoit commis. Il
faiſoit étudier ſa fille à deſſein
d'en faire un preſent à la Reine
d'Eſpagne & d'obtenir par ce
moyen ſon abolition. *Juliana Morella Barcinonenſis Virgo 11. ætatis
anno Chriſti vero 1604. Latinè Græcè
& Hebraicè utcumque perita Lugduni
Gallorum Theſes tum Logicas tum*

Morales à se tuendas in ædibus paternis proposuit, quas vidimus Margaritæ Austriæ Hispaniarum Reginæ inscriptas ex Biblioth. Andrea Schotti p 343.

DHI·IR

CAPISTRANUS Cordelier, étoit un grand Predicateur. Il étoit avec Mathias Hunniade en Hongrie qui faisoit gagner des batailles, & exhortoit les Chrêtiens à faire des Croisades. *Multa de eo leguntur in Annalibus Minorum.*

DHI·IR

MATHIEU DE MORGUES Sieur de S. Germain est Auteur du libelle intitulé : *Bons Avis sur plusieurs mauvais Avis.* C'est une deffense du Cardinal Mazarin, quelqu'un y a fait une réponse pour M. le Prince. Toutes les deux pieces ne valent rien. Je crois que l'Auteur de la réponse est M. le Laboureur.

※※※

Quand M. de SAUMAISE partit de Suede, la Reine à son depart lui fit tous les honneurs possibles, avec de grands presens à lui & à sa femme. Elle lui constitua quatre mille livres de rente sa vie durant, & lui donna un Carrosse à six chevaux, avec des gens qui le ramenerent en Hollande & qui le defrayerent par tous les chemins. Je fus ravi de joye quand je vis que cette Reine faisoit tant d'honneur au merite & à l'erudition du plus sçavant homme qui fut pour lors au monde.

※※※

Rodrigue

STEPHANUS RODERICUS étoit un sçavant Medecin & bon Philosophe, il étoit Portugais & a tres-bien écrit.

❀❀❀

La plûpart des hommes men-
tent par foibleſſe par ignorance
ou par intereſt. Les plus grands
hommes en font ſouvent à croire,
& c'eſt par cette voye que l'on
voit tant de menſonges dans leurs
écrits.

*Magni ſæpe viri mendacia magna
loquuntur.*

❀❀❀

Je ne crois rien de toute l'Aſ-
trologie Judiciaire, ni de tout ce
qu'on en dit. *Sunt figmenta & nu-
gamenta ad decipiendos Principes.* Preſque tous les Princes ſe repaiſſent
de toutes ces folies, tandis qu'ils
trompent & maltraitent leurs ſu-
jets &c. Voyez tout ce qui ſe predit
& ce qui arrive, c'eſt ordinairement le contraire. Le Cardinal
Mazarin a fait empriſonner M. le
Prince ; ſon horoſcope l'avertſ-

foit de la prifon, pourquoi ne s'en
eft-il point gardé ? Ces Aftrolo..
gues predifent merveilles quand
le cas eft arrivé. Les Medecins
experimentez predifent mieux en
un jour que ces menteurs ne font
en toute leur vie. Les Laboureurs
même y reüffiffent mieux.

On imprime en Angleterre une
Bible Grecque , nommée *Biblia
Thecla*. Cette Thecle vivoit du
têms du premier Concile de Ni-
cée. Elle aimoit les Chrétiens. Sa
Bible eft un peu differente de la
vulgate en quelques Leçons &
pour quelques verfions.

Le P. SIRMOND Jefuite eft mort
à Paris dans le College de Cler-
mont le Samedi 7. d'Octobre 1651.
âgé de 92. ans ; il a beaucoup é-
crit & toûjours bien. Il étoit le

plus poli & le plus bel esprit de son Ordre.

✝✝✝✝

M. NAUDE' mon intime ami mourut à Abbeville en revenant de Suede le 30 Juillet 1653. Voyez son Eloge Funebre fait par le P. Jacob Carme , imprimé à Paris *inquarto* en la même année chez Cramoisy. Les considerations Politiques sur les coups d'Etat sont de lui. Elles furent imprimées à Rome en Janvier 1639. *in quarto* en 28. feüillets, duquel Livre ne furent tirez que douze exemplaires, l'impression n'ayant été faite que pour en faciliter la lecture au Cardinal Bagni son Patron pour qui il l'avoit composé. Ce Livre a été reimprimé en Hollande in-douze l'an 1667. sur la copie de Rome, & le nom de M. Naudé y est mis. J'ai appris du P. Jacob qu'il avoit fait cette piece par le commandement de M. d'Emeri

Intendant des Finances, & non
pas par celui du Cardinal de Bagni qui étoit mort. M. Naudé
dans ce Livre dit, que la Pucelle
d'Orleans ne fut pas brûlée, mais
qu'au lieu d'elle, un billot fut jetté
dans le feu ; j'ai bien oüi dire davantage, que non seulement elle
ne fut point brûlée, mais même
qu'elle s'en retourna dans son
pays où elle se maria & eut des
enfans. *avec vn gentilhomme de la*
Maison des Armoises, en Lorraine

Ierrlai'— J'ai connu le Duc de Guise qui
lannauie fit l'équipée de Naples. Il étoit
autrefois petit fils de celui qui fut tué à
d'Orleans; Blois; il étoit né si je ne me trom-
au Charru pe en 1614. C'étoit un ~~Seigneur~~ *Prince*
les fermes qui avoit bien du merite ; mais
mais il me qui d'ailleurs étoit un franc
dy qu'il ne Charlatan en fait de belles ac-
savoir rende tions, & je sçai de bonne part
nende qu'il gâta tout à Naples pour
cela. aller à un rendez-vous qu'il avoit
donné à une Dame qui le vendit
aux

aux Espagnols. Aprés un coup comme celui-là, il ne devoit plus tant faire le *Forfante*. Il mourut l'an 1664. le 2. Juin.

✳✳ ✳✳

D'HENAUT qui a fait le Sonnet sur l'Avorton de Mademoiselle ✳✳✳ est fils d'un Boulanger de la rue S. Honoré. Il eut d'abord une Commission en Forests, mais il revint à Paris par débauche, & là il n'a jamais fait d'autre vie: il voit souvent deux hommes qui ne sont pas plus chargez d'Articles de Foy que lui, ce sont Chapelle & Moliere ce dernier est un Comedien d'importance qui a une jolie femme qui est fille de la Bejard autre Comedienne

✳✳✳✳

J'ai oüi dire à un homme qui le sçavoit de Mrs. Pithou, que Bodin avoit un Demon ou Esprit

K

familier comme Socrate, qui le
diſſuadoit de faire ce qui ne lui
convenoit pas *nunquam ad hortan-*
dum ſed tantum ad prohibendum. Le
Preſident Faulchet fut un des
premiers qui s'en apperceut : car
propoſant un jour à Bodin d'aller
à quelque endroit , auſſitôt un
eſcabeau ſe remua ; & Bodin dit
c'eſt mon bon Ange qui me fait
connoitre par là qu'il n'y fait pas
bon pour moi.   Dans pluſieurs
autres occaſions quand on lui
conſeilloit d'entreprendre quel-
choſe ſi il entendoit remuer quelqu'un de ſes meubles , il diſoit : je
n'en ferai rien , mon genie ne me
le conſeille pas.

M. Cujas étoit un Juriſconſulte comparable aux plus habi-
les de l'antiquité , il s'envelopá
dans ſa propre vertu ; car au reſte

il fut tres-malheureux. Il perdit
cinq ou six cens écus d'appointe-
mens, un procés terrible à l'occasion de sœur Augustine, une fille
qui se prostitua.

Ingenio haud poterat tam magnum
   æquare parentem
      Filia quod potuit corpore fecit opus.

J'ai appris que quand les Ecoliers de ce grand homme alloient
badiner avec sa fille, ils appel-
loient cela commenter les œuvres de Cujas. Il disoit qu'il n'a-
voit jamais leu de Livre où il
n'eut appris quelque chose, ex-
cepté Arnobe sur les Pseaumes.

❊❊❊

RANCONET étoit si mal
dans ses affaires qu'il servoit de
Correcteur à Robert & Charles
Estienne. Le Dictionnaire de ce
dernier est entierement de lui. Le
President Brisson s'est aussi fait
honneur des Formules qui sont

K ij

de Ranconet. Ce pauvre homme
vit mourir sa fille sur un fumier,
executer son fils, sa femme écra-
sée par le foudre, & lui en prison pour avoir exalté une action
de S. Martin à l'égard des Priscil-
lianistes.

※ ※

Au dessus de la porte du Cabinet de MANUCE, il y avoit cette
Inscription : *Quisquis es rogat te
Aldus Manutius, ut si quid est quod
se velis, per paucis agas, deinde abeas,
nisi tanquam Hercules defesso Atlanti
veneris suppositurus humeros, semper
enim erit quod tu agas & quotquot
hæc attulerint pedes.* Son Commentaire sur les Epîtres de Ciceron
est fort bon, mais il est de *Par-
rhasius.*

※ ※

L'EUNAPIUS RHETOR de l'Histoire des Huns est un manuscrit

fort rare. Muret l'avoit pourtant
vû dans la Bibliotheque du Vatican & l'ayant demandé au Cardinal Sirlet pour le faire coppier;
ce Bibliothequaire lui répondit
que le Pape l'avoit deffendu , &
que c'étoit un Livre *impio & fcc-
lerato*.

※ ※ ※

Le P . . . ayant fçeu que dans le
Monaftere de Corbie il y avoit
un Pelage entier , que Pafcafe
Radbert y avoit mis; il s'y tranf-
porta & demanda au Prieur qui
étoit pour lors Dom Philippe
Des vignes permiffion de voir la
Bibliotheque. Le Prieur l'y accompagna tres-volontiers, & le
P. . . . ayant demandé de l'ancre
pour copier quelques lignes d'un
manufcrit : ce Pere fortit pour en
aller chercher, & pendant ce
têms-là , mon homme prit les
œuvres de Pelage & fubftitua un

autre manuscrit de nulle valeur,
qu'il avoit apporté exprés. Le vol
ayant été reconnu peu de témps
aprés, on suivit l'homme en question jusques à Amiens, mais il
étoit trop tard.

❋❋❋

Les gens de Lettres sont ordinairement de bonnes gens sans
ambition heureusement pour eux.
car ils ne pourroient jamais sui-
vre les moyens de la contenter;
ils ne sont propres qu'à faire des
Livres & des Enfants; comme
l'incomparable Grotius le disoit
du grand Vossius en écrivant
qu'il étoit douteux : *scriberet ne ac-*
curatius , an gigneret felicius. Ce
qu'il a de certain, c'est qu'il faisoit l'un & l'autre.

FIN.

APPROBATION

De Monſieur le Preſident COUSIN.

J'AY leu un Manuſcrit intitulé *Mixta Colloquia & varij ſermones eruditorum Virorum Guidonis Patini & Gabriëlis Naudæi*, ai paraphé les feüillets au nombre de 87. & en retranchant quelques endroits que j'ai marquez ; ni ait rien trouvé qui en puiſſe empécher l'Impreſſion, ſi Monſeigneur le Chancelier a agreable d'en accorder le Privilege, Fait le 26. Juillet 1699.

Signé COUSIN.

EXTRAIT DV PRIVILEGE
du Roy.

PAR Lettres Patentes données à Versailles le 27. de Juin 1700. signées LE COMTE, scellées du grand Sceau de cire jaune, & Registrées sur le Livre de la Communauté des Imprimeurs & Libraires de Paris le 14. de Juillet 1700. signées BALLARD, Syndic. Il est permis au Sieur °°° de faire imprimer pendant le têms de six années un Livre intitulé *Mixta Cell quiâ & varij sermones eruditorum Virorum Guidonis Patini & Gabrielis Naudei, Singularitez remarquables prises des Conversations de Messieurs Patin & Naudé* : avec défences à tous autres d'imprimer, vendre ou contrefaire le Livre sans le consentement dudit Exposant ou ses ayans causes, à peine de trois mille livres d'amende, & autres peines portées par l'Original desdites Lettres.

Ledit Sieur ••• a cedé pour toûjours le present Privilege à FLORENTIN & PIERRE DELAULNE, Libraires Imprimeurs à Paris, pour en joüir par eux en son lieu & place, suivant l'accord fait entr'eux.

Achevé d'imprimer pour la premiere fois le second May 1701.

TABLE

Des Noms de ceux dont il est parlé dans ce Livre

L'(*n*) signifie *Naudeana*, & le chiffre qui suit indique la page.

Le (*p*) signifie *Patiniana*, & le chiffre qui suit montre la page.

A

B

TABLE. ix

M

TABLE   55

V

X

Z